Für Ursel
Weihnachten 1982
von Inge

Birgit Pausch
Die Schiffschaukel

Birgit Pausch
Die Schiffschaukel
Novelle

Luchterhand

Lektorat: Klaus Roehler
Umschlag von Kalle Giese
Ausstattung von Martin Faust

Gesamtherstellung bei der
Druck- und Verlags-Gesellschaft mbH, Darmstadt
ISBN 3-472-86560-1

Für Detlef Weiss

Vom Abgrund nämlich haben
Wir angefangen und gegangen
Dem Leuen gleich, in Zweifel und Ärgernis
Denn sinnlicher sind Menschen
In dem Brand
Der Wüste,
Lichttrunken und der Tiergeist ruhet
Mit ihnen. Bald aber wird, wie ein Hund, umgehen
In der Hitze meine Stimme auf den Gassen der Gärten
Hölderlin

ES WAR ENDE SEPTEMBER in den sechziger Jahren des vorigen Jahrhunderts, als an einem Morgen noch in der Dämmerung ein heftiger Regensturz auf die staubigen Straßen niederging. Es schien, als wolle der Herbst die lange Trockenzeit beenden, aber nach kurzer Zeit strich ein warmer Wind durch die noch leere Stadt und trieb Blätter und Papierfetzen vor die geschlossenen Türen.
In einem Hauseingang in der Nähe des Eigelstein-Tores, das den Weg nach Norden freigab, stand eine etwa vierzigjährige Frau mit erhobenem Arm und ausgestreckter Hand, als wolle sie die Tür, die sie gerade hinter sich geschlossen hatte, wieder aufdrücken. Ihr offener Mantel und die unbedeckten Haare ließen ein schnelles Aufbrechen aus der nächtlichen Geborgenheit vermuten. Sie hatte in diesem Haus drei Jahre gewohnt; jetzt trat sie aus dem Eingang und schaute hinauf zu einem der Fenster, dessen Läden geschlossen waren. Als sie eine Bewegung in ihrem Rücken verspürte, drehte sie sich hastig um. Ein Mann in einem

langen Reisemantel trat auf sie zu, und sie stürzte ihm entgegen.
Der Angekommene sagte nichts, umfaßte ihren Arm und trat, sie nachziehend, zu einer offenstehenden Tür. Dort umarmten sie sich und sprachen leise, denn sie hatten das Gefühl, daß man sie hören könne. Nach einer Weile sagte die Frau: »Du hast ja recht«, aber es klang bitter in ihr nach wie schon so viele Male, als sie über ihre Zukunft gesprochen hatten und doch nicht zusammengeblieben waren.
Sie traten wieder auf die Straße und gingen stumm nebeneinander her. Plötzlich bog der Mann in eine Seitengasse und sagte: »Ich muß jetzt gehen.« Er drehte sich nicht mehr um, und da sie ihm nachschaute, sagte sie, als könne sein Name alles Ungewisse bannen: »Schlosser«. Der Fortgehende schien es gehört zu haben und blieb stehen; zwischen ihnen lag die Dämmerung wie ein schwer durchschreitbarer Fluß. Dann hielt die Wartende die Spannung nicht mehr aus und lief fast stolpernd vor, und auch der Mann kam ihr entgegen, als wolle er sie aus der Entfernung auffangen. Als er bei ihr war, sagte er: »Ich werde dich zum Bahnhof begleiten.«
Von einer neuen Gewißheit getragen, gingen sie weiter, und nach einer bald erreichten Kreuzung nahm die Frau den Mann an der Hand. Er war als Fremder auf ihre Führung angewiesen, während sie nach dreijährigem Aufenthalt die Stadt verließ. Der Gang zum neuen Bahnhof, der eine Bresche in das Häusergeviert geschlagen hatte, wäre ihr eine vertraute Erinnerung gewesen, wenn sie diesen Weg nicht mit Schlosser gegangen wäre, als sei es zum ersten Mal.
Mitten auf der Straße blieb die Frau stehen und schaute den Mann lange an. Er verstand diesen Blick, denn so hatte sie ihn angesehen, als er ihr bei den Bachhausen vorgestellt

worden war. Er stand damals, während sie mit einem befreundeten Schriftsteller sprach, neben ihr und hörte ihr zu, als sei er in die Stadtwohnung der Bachhausens zufällig hineingeraten und habe das Weggehen nur vergessen.
Das vom Wind herangetragene Geräusch eines Zuges lenkte seine Aufmerksamkeit von ihr ab, und er wies auf eine Uhr, die über einer Apotheke angebracht war. Sie gingen stokkend weiter. Obwohl sie lieber geschwiegen hätte, sagte die junge Frau: »Die Freiheit ist eine Geißel, die mir Wunden zufügt, während sie mich weitertreibt. Ich frage mich, ob sich unsere Begegnung nicht vor Entscheidungen geschoben hat, die jeder für sich hätte treffen müssen.«
Der Mann nickte schweigend. Sie kannte diese Bewegung, die bei ihm heftige Verneinung bedeutete. Einmal hatten sie sich über diese Angewohnheit amüsiert: Die Frau malte aus, wie ein Student bei der Prüfung vor ihm stehen und reden und weiterreden würde, während er stumm und geflissentlich vor sich hinnickte, bis der Gefoppte aus allen rosigen Wolken des Prüfungshimmels fiel.
»Du gehst wieder zu weit«, sagte der Mann. Die junge Frau schwieg, da der übliche Punkt des Streites erreicht war. Auch der Mann spürte das; beide wußten, daß die gemeinsame Wunde wieder aufbrechen konnte.
Sie waren zu dem Bahndamm gekommen, der hochgelagert zwischen den alten Häusern hindurchführte. Nach einem Tunnel übernahm die Frau wieder die Führung, da das Gelände mit seinen Baugruben, den halb abgerissenen Häusern und dem weiten Platz mit den Buden der Herbstkirmes für einen Fremden undurchdringbar schien. Leise wie zu sich selber sagte die Frau: »Wir müssen den hinteren Eingang benutzen, das Hauptportal ist wegen Bauarbeiten geschlossen.«

Wie abwägend gingen sie an den Gerüsten und verschnürten Bretterbuden vorbei, die auf dem Platz unregelmäßige Pfade bildeten. Manche Zeltplanen schlugen im Wind, während andere, die herunterhingen wie Fahnen, unverhoffte Durchblicke gaben.
»Ich habe häufig versucht«, setzte der Mann noch einmal an und sprach etwas lauter, »mit meiner Frau zu sprechen. Ich komme mir lächerlich vor, wie ich eine zaghafte Andeutung hinter die andere setze. Berthe wäre vollkommen überrascht. Es träfe sie in ihrer ganzen Existenz – und was habe ich ihr denn vorzuwerfen? Daß sie so ist, wie sie ist, und daß wir nicht zusammenpassen – oder was meinst du, Viktoria?«
Er wiederholte fordernd ihren Namen, drehte sich um und stand plötzlich allein vor den bemalten Wänden einer Bude. Schnell ging er in eine der sich öffnenden Gassen, als könne er Viktoria noch einholen. Als er die Aussichtslosigkeit seines Bemühens einsah, kletterte er auf ein Podest, das einen Zelteingang versperrte. Er wollte rufen, aber es schien ihm lächerlich; dann erblickte er sie seitlich auf den regelmäßig gelegten Stützbrettern vor dem riesigen Rumpf einer Schiffschaukel. Viktoria schaute hinauf, und ihr tastendes Vorwärtsschreiten auf den noch feuchten Bohlen schien einer Reisenden anzugehören, die gegen ihren Willen zu einer Ortsveränderung gezwungen wird. Sehnsüchtig schaute sie an dem eleganten Rumpf empor: Das mögliche Ausschwingen dieser Jahrmarktsattraktion würde jeden weiteren Schritt auf ihrer Reise überflüssig machen. Schlosser sagte noch einmal ihren Namen, aber zu leise, als daß sie ihn hätte hören können. Als sie sich umdrehte und mit größeren Schritten über die querliegenden Bretter herabstieg, schien es ihm wie ein geheimer Hinweis, daß sie ihn trotzdem verstanden hatte.

Dann hörte er sie rufen, und da er sich ihren Standort gemerkt hatte, war es ihm ein Leichtes, sie schnell zu erreichen. Er näherte sich von hinten und umschlang sie so heftig, daß sie erschrocken hochfuhr und sich in seinen Armen umdrehte.
Hinter den letzten Buden stiegen sie sofort hinauf zum Bahnsteig. Der Zug nach Münster stand wartend auf dem Gleis; sie gingen an dem Geländer, hinter dem es steil zum Platz abfiel, hin und her. Viktoria zeigte zum Rhein hinüber und auf einige Häuser, die bald abgerissen werden sollten. Der Tag schien über dem Fluß schon heller, als werfe das Wasser wie ein Spiegel das Licht zurück, und das Ufer und die Häuser an der Deutzer Seite lagen wie auf einer entfernten Insel.

Der Zug fuhr langsam über die Rheinbrücke und blieb mitten über dem Wasser stehen. Hinter dem Bahnhof ragte der Stumpf des Domes auf; die Baukräne waren aus dieser Entfernung kaum sichtbar. Als sich der Zug wieder in Bewegung gesetzt hatte, wurden die Häuser kleiner, waren dicht an die Gleise gebaut und sammelten sich um Fabriken und Werkhallen, die weit ins Land vorgeschoben waren. Die Ebene wurde durch Gräben und Hecken unterteilt, die Bäume begrenzten die Felder oder sammelten sich zu Alleen, die sich in der Ferne im Dunst verloren und in einen Horizont endeten, der einen heißen Tag ankündigte. Man kann sich hier nicht verbergen oder schützen, dachte Viktoria, und sie verglich die Landschaft mit einem Gesicht, von dem man mit Bestimmtheit sagen kann, wie es in zwanzig Jahren aussehen wird. Diese Landschaft ist dazu bestimmt,

Straßen aufzunehmen, Häuser und Hallen, die willkürlich vervielfacht und auch wieder ausgelöscht werden können: es bleiben keine Narben zurück, Narben, die in anderen Erdstrichen zu Tälern vertieft sind, hinter denen ein Mensch auftauchen kann, mit dem man nicht mehr gerechnet hat. Die Erdstriche hier sind bewohnbar wie manche Straßenzüge, in die man zufällig hineingerät und die einen festhalten, so daß man Jahre in ihnen wohnen bleiben muß, bis ein mächtiges Erlebnis einen herausreißt.

Sie schaute in die Fahrtrichtung, wo schon von weitem der nächste Ort auftauchte. Es kam einer der vielen kleinen Bahnhöfe, die wie willkürlich an die Bahnstrecke gesetzt waren. Die Stationshäuser trugen Namen von Dörfern, die irgendwo hinter den Feldern liegen mußten. Auf den Bahnsteigen verabschiedeten sich die Einsteigenden: Hände faßten noch einmal die vertrauten Schultern, umklammerten einen grob umschnürten Koffer oder einen Korb, legten sich auf die Türgriffe, streichelten noch einmal die Kinder, winkten oder fuhren sich durch die Haare, um dann den Hut oder die Mütze fester aufzusetzen, sie tief ins Gesicht zu schieben oder im Fahrtwind zu schwenken, wie es die Übermütigen machten und so den Kindern glichen, die auf bunten Karussellpferden im Kreis herumritten.

Hinter dem mit Fahnen geschmückten Bahnhof Morsig lärmten die Geräusche einer Herbstkirmes herüber. Der Zug hatte einen längeren Aufenthalt, und die auf dem Bahnsteig Drängelnden konnten sich von der Kirmes nicht trennen. Neben Viktoria war ein Kind auf die Bank geklettert und zeigte auf eine Schiffschaukel, die ihren vorgeschriebenen Halbkreis über einem großen Zelt vollendete. Dieses Zelt mit dem geheimnisvollen Namen IL MONDO NUOVO mußte sich herumgesprochen haben, denn Viktoria

sah, wie vom Bahnhof viele Menschen direkt auf den verhängten Eingang zuströmten. Sie erklärte dem fragenden Kind langsam die riesige Aufschrift, und als das Kind sie verständnislos anschaute, setzte sie hinzu: »Es sind bestimmt Italiener. Ihr Zelt heißt ›Die neue Welt‹.«
Dem Kind gefielen aber die fremd klingenden Laute besser. Es lief zu seiner Mutter, die sich an die Fensterseite gegenüber gesetzt hatte, und wiederholte erst leise, dann immer hektischer die fremden Wörter, bis der Wagen widerhallte von dem vielversprechenden »Il mondo nuovo«, das im Mund des Kindes sein Geheimnis bewahrte.
Endlich war man bereit zur Abfahrt. Der Bahnhofsvorsteher trat aus seinem Dienstraum und stellte sich an den Zug. Sein rotes Schulterband leuchtete in der Sonne, als sei es eine Kriegsauszeichnung. Während der Zug langsam anfuhr, schien es, daß der selbstbewußte Mann immer so stehenbleiben werde mit seiner roten Schärpe, seiner erhobenen Kelle, die nach Westen zeigte in ein unbekanntes Land, daß Zug auf Zug an ihm vorüberbrausen werde, die Wagen blumengeschmückt, als fahre man einem nicht endenwollenden Festtag entgegen.
Das Kind, das sich beruhigt hatte, schaute wieder aus dem Fenster. Nun war es die erhobene Kelle, die es begeisterte, und es versuchte, eine ähnliche Bewegung nachzuahmen. Es lief zu seiner Mutter und flüsterte ihr etwas zu, und die Frau nickte und sagte laut: »Ja später, später kannst du das auch.« Das Kind ließ sich trösten, denn die Zeit, die vor ihm lag, würde das Versprochene wahr machen.
Die drei Wörter, die es so eifrig wiederholt hatte, verklangen leicht vor den unzähligen Spruchbändern, die seit Monaten in den Bahnhöfen hingen. EINIGKEIT MACHT STARK, las Viktoria über Fenstern und an Mauervorsprüngen, die

mit Eichenkränzen geschmückt waren und an Schützenvereine erinnerten, an die Reden der Politiker, die das Beste wollten und sich nach angemessener Zeit der Macht aus Berlin doch beugten, die überall gegenwärtig war.
Am Nachmittag wurden die Stationen seltener, nachdem der Zug die Kohlenhalden und grauschwarzen Städte an der Ruhr hinter sich gebracht hatte, wo die Dächer mit Teerpappe geflickt waren. Die Kinder winkten auch nicht mehr dem Zug nach und gingen müde nach Hause. Von ferne blinkten die Hochöfen, als habe man ein märchenhaftes Land verlassen. Die Dämmerung dehnte die Ebene, durch die der Zug nun fuhr, endlos aus, und nur die Lichter der verstreuten Bauernhäuser begleiteten den Weg.

Viktoria erreichte Münster abends, als die Geschäfte und Kirchen schon geschlossen hatten. Vom Bahnhof ging sie durch Straßen, die sie gut kannte; die Dunkelheit wurde durch Laternen erhellt, die ein Ladenschild oder eine Straßenecke beleuchteten. Das Redaktionsbüro des »Westfalenboten« lag in der Wilhelmstraße in einem hohen schmalen Eckhaus.
Sie betrat den schon fast dunklen Vorraum und fand die Portiersloge leer. Sie schaute umher, und plötzlich kam der Pförtner, der sie gehört haben mußte, eilig aus einer Tür im rechten Flur. Viktoria bat ihn, daß er sie melden möge. Der junge Mann ging unwillig, da er seinen Dienst schon beendet hatte, zu den Büroräumen hinauf. Sie hörte Stimmen und das Klappen von Türen. Dann rief jemand herunter, daß ihr Mann nicht mehr da sei und hinterlassen habe, daß er sie im Goldenen Löwen erwarte. Der Pförtner wollte

ihr ausführlich den Weg beschreiben, aber Viktoria sagte, daß sie ihn kenne.
Wieder auf der Straße bog sie in eine neu gerissene Häuserlücke ein, um schneller in die Gerhardstraße zu gelangen. Von dort war es nicht mehr weit zum Prinzipalmarkt. Als sie ihre Hast als nicht gerechtfertigt empfand, denn es war ja ihr Mann, der die Verabredung in der Redaktion nicht eingehalten hatte, ging sie langsamer und geriet in eine Gruppe von heimkehrenden Bauarbeitern, die sich laut unterhielten. Da einige stehenblieben, um sie besser fixieren zu können, wich sie auf die Straße aus. Dort sah sie nicht das Fuhrwerk, das auf sie zukam, und blieb starr stehen, als müsse der Schreck in ihr niedersinken. Die Pferde, von dem Kutscher zurückgerissen, fuhren vor ihr in die Höhe; der alte Mann beschimpfte sie wütend.
Auf der anderen Seite der Straße, unter den Arkaden, schaute sie dem Wagen nach. Sie war bestürzt, daß ihr Leben durch diesen Unfall fast eine falsche Endgültigkeit bekommen hätte; sie sah noch den hochgerissenen Pferdekopf mit den prallen Augäpfeln, und sie sah die Hufe durch die Luft wirbeln, ehe sie wieder den Boden unter sich fanden.
Langsam ging sie an der Wandseite weiter und schaute in die Hauseingänge, als könne sie so einer neuen Gefahr ausweichen und sich den gerade erlittenen Schrecken besser erklären. Sie fürchtete sich vor dem Gespräch mit Georg, weil sie die Ausflüchte kannte, mit denen er so gut leben konnte. Sie mußte das Versprechen, das sie Schlosser gegeben hatte, endlich einlösen und die Beziehungen, die sie an ihre Vergangenheit noch banden, endgültig zerstören.
Aus der Tür zum Goldenen Löwen wehte ihr ein kühler Luftzug entgegen. Viktoria kannte den langen Flur, der

links in die Gasträume führte, von vielen Besuchen mit Georg, der hier seine Kollegen traf. Den vorderen Gastraum hatten sie ihr Redaktionsbüro genannt, die Fensterplätze waren immer für sie reserviert gewesen.
Während sie den Flur betrat, riß jemand von innen die hintere linke Tür auf. Ein älterer Mann kam heraus, wurde vielmehr von einer hinter ihm stehenden Kellnerin hinausgeschoben. Als beide im Flur standen, schlug die Kellnerin die Tür heftig zu und stellte sich wie schützend davor. Die Schatten der beiden fielen Viktoria entgegen, und der Mann wurde lauter, denn er glaubte, bei der am Eingang stehenden Frau Unterstützung zu finden. Er rief, daß er hier seinen Stammplatz habe und der Goldene Löwe so etwas wie seine Heimat sei, und als die Kellnerin wie zur Antwort auflachte, verwies er auf seine letzte Zahlung, die aber lange her schien, denn die Kellnerin sprach von Schulden. Der Mann winkte nur kurz und kräftig ab, als könne er jedes Argument damit wegwischen, ging auf Viktoria zu und bat sie, halb bittend, halb fordernd, ihm zu vertrauen: er habe immer bezahlt und werde auch in Zukunft seine Rechnungen begleichen. Die Kellnerin herrschte ihn, nun schon lauter, an, er solle die fremde Dame nicht belästigen. Nun war sie es, die laut und gestikulierend auf Viktoria zutrat, denn erst jetzt hatte sie sie erkannt. Sie schien sich zu freuen, Viktoria wiederzusehen, fragte, wie es ihr gehe, und öffnete gleich die Tür zum vorderen Gastraum. Das bezog der Mann auf sich, und schon war er zwischen den Tischen verschwunden. Die Kellnerin schaute ihm wütend nach; dann rief sie laut in den von Stimmen erfüllten Gastraum: »Georg!«, wiederholte es noch einmal und ging zum Wirt an die Theke.
Viktoria blieb im Flur an der halbgeöffneten Tür stehen.

Das Stimmengewirr, die Wärme schlugen ihr entgegen; als die Tür von einem Windzug weiter aufgeschoben wurde, trat sie beiseite und wartete, bis Georg zwischen den Tischen hindurch zur Tür gefunden hatte.
Der große, etwas gebeugt stehende Mann winkte die Wartende im Flur zu sich heran. »Warum kommst du nicht herein«, sagte er; nach einem Zögern setzte er hinzu: »Sicher, du willst nicht, es erinnert dich an früher.«
»Ja«, sagte Viktoria, »das ist deine Art, die dich bei deinen Kollegen beliebt macht und mich überrumpelt. Aber bin ich nicht selber schuld, wenn ich diese obskuren Stelldichein akzeptiere?« Und drängender, als es nötig gewesen wäre, fügte sie hinzu: »Ich war schon im Redaktionshaus, und hier ist es mir zu laut. Gehen wir in ein ruhigeres Gasthaus.«
Von drinnen, von den Tischen, die in der Nähe der Tür standen, kamen jetzt Rufe: »Türe schließen!« Es entstand eine Unruhe, die sich in Füßescharren und Stühlerücken fortsetzte, und auch der Wirt schimpfte. Ärgerlich schloß Georg die Tür. Viktoria ging durch den Flur, der auf einen kleinen Innenhof mündete, und es schien, als wolle sie sich ohne Abschied entfernen.
Im Hof drehte sie sich nach Georg um. Er war ihr nachgegangen und blieb nun am Eingang des kleinen eingemauerten Vierecks stehen. Licht fiel von oben aus einem Fenster und hob den Kopf der Wartenden aus der Dunkelheit hervor, während ihr Körper mit dem Baumstamm einer Kastanie verschmolz. Ein vorbeihuschender Lichtschein erhellte die ihm so fremd gewordene Frau: ihm fielen die Augen auf, die unter dem gespannten Bogen der Augenbrauen im Dunkeln schwammen, als seien sie nur ein Teil davon. Er glaubte, ein Recht auf sie zu haben, und trat rasch

an sie heran. Er wollte sie umarmen, aber sie wich ihm aus und sagte schnell: »Du weißt, warum ich gekommen bin.«

»Aber noch sind wir uns nicht so fremd geworden«, sagte er, »daß du vor mir Angst haben müßtest.«

Als er ihre Kälte spürte, ging er einen Schritt beiseite, so daß Viktoria, die diese Bewegung mißverstand, sagte: »Bleib nur hier.« In einer fast sich überstürzenden Weise fügte sie hinzu: »So geht es nicht weiter. Ich schrieb dir Briefe, die unbeantwortet blieben, und ich habe keine Lust mehr, die Lächerlichkeit unserer Ehe weiterzuführen.«

»Aber du warst es doch immer«, rief er und preßte sie, seinen Unmut nicht länger verbergend, gegen die Mauer des Hofes, »die deiner Mutter zuliebe an allem festgehalten hat, und außerdem hast du alle Vorteile, die du dir immer ersehnt hast.«

Während er sie noch an den Schultern festhielt, wurde mit einem lauten Knall die Tür vorne zu den Gasträumen zugeworfen. Georg fing sich als erster und zog Viktoria mit sich in den Schatten der Mauer.

Ein Mann kam langsam durch den Flur und blieb am Eingang zum Hof wie ein Ortsunkundiger stehen. Er glaubte sich allein; langsam ging er bis zum Baum in der Mitte des Hofes. Als eine kleine Nebentür im Flur vorsichtig auf- und zugedrückt wurde, konnte er seine Erregung kaum noch verbergen. Er winkte der Sichnähernden und riß sie an sich, als sie vor ihm stand. Die junge Frau warf ihren Kopf zurück, ihr Schatten huschte an der Mauer entlang. Beide ließen sich an den Baum fallen, und während die Frau an dem Stamm zu Boden glitt, flüsterte sie dem Mann etwas zu. Gemeinsam richteten sie sich wieder auf; dann liefen sie auf eine offene Tür zu, die vom Hof in die oberen Stockwerke des Hauses führte.

Der Hof lag wieder wie verlassen. Ein Licht, das plötzlich in einem der Fenster oben anging, schien an den Aufbruch zu mahnen. Georg, der Viktorias Hand nicht losgelassen hatte, sagte leise: »Wir sind hier am falschen Ort.«
»Wir sind immer am falschen Ort, wenn ich meine Forderungen ausspreche«, sagte Viktoria und riß sich los. »Du willst weitermachen wie bisher, aber warum denn? Nur um mich zu quälen.«
Leise und bestimmt, um sich von ihrer Erregung zu distanzieren, antwortete Georg: »Wir werden uns nicht mehr quälen. Wenn du deine Reise hinter dir hast, werden wir unsere Scheidung in die Wege leiten. Ich habe jetzt zu viel zu tun, meine Schubladen quellen über von liegengebliebenen Aufträgen, denn nicht nur du bist das geliebte Musenkind, sondern auch ich als Worteschinder schlage einige Wellen. Ich weiß, deine letzten Erfolge sollen gekrönt werden durch die bevorstehende Reise. Engert erzählte mir vorige Tage, daß du, um eine deutsche George Sand zu werden, nur noch in Männerkleidern über die Boulevards reiten müßtest. Aber du hast recht, wir brauchen unsere Freiheit, und ich wünsche dir, daß die Flügel deines Genius nicht schon bald gebrochen werden.«
Er nahm aus seiner Manteltasche einen Schlüssel und drückte ihn Viktoria in die Hand.
»Es ist immer noch deine und meine Wohnung, und ich werde heute nacht nicht da sein«, sagte er, und als ob er einen Schlußsatz unter einen Vertrag setzen wolle, fügte er hinzu: »Du besuchst sicher deine Mutter, und ich stelle mir vor, es ist besser, wenn du ihr wie bisher von allem nichts sagst.«

Die Stadt war Viktoria so bekannt wie einem Kind der Schulweg. Sie ging über den Prinzipalmarkt und dann zur Wiesenstraße, ohne auf die Namen zu achten. Die Häuser und Werkstätten lagen so da, als hätten sich seit ihrem Weggang die Türen nicht mehr geöffnet. Vor dem Haus mit der Nummer 69 trat sie zurück: unten war das Papiergeschäft, und der Aufgang zu den Wohnungen war so breit wie ein Lieferanteneingang. An der Haustür mußte sie die Schlüssel ausprobieren; in dieser kleinen Geste zeigte sich ihr das Verstreichen der Zeit. Der Hausflur wurde immer noch von dem einfallenden Licht der gegenüberliegenden Gastwirtschaft beleuchtet.

Im ersten Stock schloß Viktoria auf und stand einen Augenblick auf der Schwelle, bis sich ihre Augen an die Dunkelheit gewöhnt hatten. Ihr erster Impuls, das Licht anzuzünden, wurde verzögert: sie öffnete erst das linke Flurfenster, wie sie es früher nach Reisen getan hatte. Dann ging sie wie probeweise in dem langen Flur hin und her, bevor sie in das Zimmer eintrat, in dem sie früher gearbeitet hatte. Sie war überrascht, denn sie hatte nicht damit gerechnet, es unverändert wiederzufinden. Nur das Bücherregal war leergeräumt und dafür mit gebündelten Schriftstücken belegt. Hastig ging sie in die Küche, dann in das Schlafzimmer und fand alles so aufbewahrt wie in einem Museum, in dem nur einige Schilder darauf aufmerksam machen, daß die Bewohner nicht mehr leben.

Im früheren Wohnzimmer hatte Georg seinen Schreibtisch an das Fenster gerückt, an der hinteren Wand stand ein neues Sofa. Seine Bücher und Zeitungen lagen überall verstreut, und einige Mäntel und Hosen hingen über den Stuhllehnen. Viktoria mußte lachen, als sie daran dachte, die Mäntel in die Garderobe zu hängen, so wie

sie es früher getan hatte, bevor ihre Mutter zu Besuch kam.
Später, als sie etwas Tee getrunken und einige Scheiben Brot gegessen hatte, war es ihr unangenehm, sich ins frühere Ehebett legen zu müssen. Sie schlief nur schwer ein, wachte bald wieder auf und wartete, bis sie sich im Dunkeln orientieren konnte. In die Finsternis eingepfercht, empfand sie ihr monatelanges Fehlen in der Wohnung wie ein vorübergegangenes Zwischenspiel. Trotzdem trieb sie zurück in den Schlaf; als sie dann wieder hochkam, hatte sie das Gefühl, sich selbst zuzusehen wie einer fremden Person, die sich aufsetzt und etwas sagt.
Gegen Morgen schreckte sie aus tiefstem Schlaf endgültig auf, denn sie fühlte einen Lichtschein wie ein Netz über sich geworfen, und eine große Gestalt, die immer noch anwuchs, stand am Fußende ihres Bettes. Sie wollte sich dieser Bedrohung entgegenwerfen und fiel doch nur matt zurück und rief entsetzt: »Was ist denn?« Die amorphe Gestalt verschwand; in einem helleren Licht tauchte sie an ihrer Seite wieder auf. Viktoria rollte sich herum und erkannte in großer Verwirrung Georg und fragte, warum er denn den Leuchter über sie halte. Ihre Verwunderung wuchs, als Georg antwortete: »Ich schloß die Wohnungstür auf und hörte dich schreien.«
Viktoria warf sich hin und her, umklammerte ihr Kissen, als wolle sie weinen, und sagte: »Wir waren hier zusammen, und es war wie vor vielen Jahren, und wir erwarteten meine Mutter. Ich hatte die Wohnung geordnet, und wir erwarteten sie, als würde unsere Existenz davon abhängen. Dann tranken wir mit ihr Tee, und das schöne Bild bekam plötzlich Risse, denn meine Mutter wischte mit ihrer Hand über die Bücherkante, als suche sie Staub, und den Kuchen

legte sie beiseite, als sei er ungenießbar. Dann stand sie auf und öffnete meine Schreibtischschublade und warf meine Manuskriptseiten hinaus und rief: ›Sieh, Georg, alles Liebesbriefe.‹ Während ich die Blätter aufsammelte, rief sie: ›Wie widerspenstig du bist, wie immer!‹ Ich kroch über den Fußboden und suchte in der ganzen Wohnung nach meinen verstreuten Manuskriptseiten und hörte, wie sie empört zu dir sagte: ›So eine Frau hast du geheiratet, Georg, sie ist ja eine Zwergin.‹ Dieses letzte Wort traf mich so tief, daß ich mich vor Entsetzen hochriß, ins Schlafzimmer lief. Meine Mutter rüttelte an der Tür und rief gellend: ›Das Kind macht alles kaputt. Alles entwürdigt sie mit ihrem Eigensinn!‹ Dabei warf sie sich gegen die Tür, als sei sie nicht zu öffnen. Obwohl die Tür nur angelehnt war, warf sich meine Mutter ununterbrochen polternd dagegen, und mit jedem Schlag wuchs ihr Schatten, der durch den Türspalt fiel.«

Viktoria wollte weiterreden, aber in ihrem Traum schien eine Lücke zu klaffen, die nicht mehr zu schließen war. Sie schaute Georg an, als könne sie aus dem hellen Licht, das er immer noch über sie hielt, eine neue Gestalt entziffern. Es gelang ihr nicht. Sie fuhr fast wieder weinend auf und bat ihn, den Leuchter wegzustellen.

Georg setzte das Licht erschrocken auf dem Boden ab und hob wie abwehrend die Hände.

»Aber es muß weitergehen, sonst finde ich keine Lösung«, sagte Viktoria. »Meine Mutter war so deutlich hier, wie du jetzt dastehst, und es schien mir, als ob ihr nur eine Person mit zwei Gesichtern wäret.«

Sie konnte sich nicht beruhigen, und als Georg den Leuchter wieder aufnahm, blendete sie das Licht, und seine Gestalt war ein glühender Fleck, der auf sie zukam.

»Ich hätte dir den Traum nicht erzählen sollen«, sagte sie,

»denn du wirst ihn gegen mich ausnutzen, wie du alles gegen mich wendest.«
Er setzte das Licht hinter sich ab; das Zimmer wurde durch seine Gestalt fast verdunkelt.
»Der Schatten meiner Mutter«, sagte sie laut wie zu sich selbst, »wuchs und wuchs und drängte sich durch den Türspalt und wollte sich über mich werfen, aber er erreichte mich nicht, denn ich wurde kleiner und kleiner. Ich schmolz vor ihr zusammen, bis ich nicht mehr da war.«
Georg schwieg. Es schien, als wolle er ihr Zeit zum Erinnern geben, ihr ins Gedächtnis zurückrufen, daß sie einmal ausgemacht hatten, sich um die Mutter zu kümmern, vor ihr das Paar zu spielen, das sie sich immer gewünscht hatte.
Ziellos griff Viktoria mit der Hand ins Dunkle; als müsse sie sich gegen ihre eigenen Fragen wehren, sagte sie hastig: »Warst du bei Ihr, und was habt ihr besprochen?«
Georg fuhr unwillig auf. Wie nebenher antwortete er: »Es war wie immer.« Und als wolle er diese alltäglichen Geschichten vergessen, fügte er nachgiebig und zugleich fordernd hinzu: »Laß uns doch noch einmal über alles sprechen. Es war wie immer, deine Mutter ändert sich nicht mehr.«
Viktoria, die wie von weit entfernt bemerkte, daß er, sich zu ihr niederbeugend, langsam über den weichen Stoff ihres Nachthemds streichelte, als müsse er eine unbekannte Form herauspressen, flüsterte leise: »Nein, es war nicht mehr wie immer«, und zog, als wolle sie ihm ihre Zweifel einhauchen, sie wie einen Abdruck hinterlassen, sein Gesicht zu sich herunter. Georg aber, in einem furchtbaren Mißverständnis, ließ sich über sie fallen und suchte ihren Mund, während sie sich aufbäumte und nach vorne warf. Dabei

schrie sie, und es war, als ob seine Worte wie ein Echo sie erst jetzt erreichten: »Nein, es ist nicht mehr wie immer.«
Er hatte mit dieser Weigerung nicht gerechnet und schaute sie eher verwirrt als wütend an. Viktoria wälzte sich auf der anderen Seite des Bettes heraus und stand ihm, der ebenfalls aufgestanden war, eine Zeitlang schweigend gegenüber. Dann verließ sie das Zimmer.
Kurze Zeit später hörte Georg, als er in sein Zimmer ging, daß Viktoria die Wohnungstür hinter sich zuzog.

Die Weberstraße führte sie auf die Waldstraße, und von da aus ließ sie sich weiter von den ihr bekannten Straßen leiten. Sie nahm das Südtor, das sich in das umliegende Land öffnete. Bauern kamen ihr mit ihren Wagen entgegen, und da ihr die sumpfig werdende Niederung vertraut war, ging sie am Wegrand weiter. Das Buschwerk, das ihre Blicke in die sich langsam erhellende Ebene eher leitete als hemmte, wurde um den Fluß, der von morastigen Ufern umgeben war, besonders kräftig und unregelmäßig; die weiten Wiesenflächen zwischen Äckern und Kornfeldern waren in mühevoller Arbeit angelegt worden.
Die Großbauern und wohlhabenden Bürger, die ihre Häuser in der Bannmeile von Münster errichtet hatten, benutzten die Wiesen, um ihre Laken und Tücher zu bleichen. Noch in der Dunkelheit kamen die nassen Wäschestücke hinaus, und kaum eine halbe Stunde später übte die aufgehende Sonne eine große Gewalt auf die Tücher aus: wie eine Schicht, die abgehoben wird, zog sich aus dem Weiß der Tag empor, und es war Viktoria nun, als ob nicht erst die Sonne, sondern schon das abgeleitete Licht alles ihm Ver-

wandte ergreife und verbreite im immer weiter werdenden Himmel. Die noch unsichtbare Sonne stieg, und was eben noch in der Dämmerung als nahe Wand erschienen war und Viktoria über die Entfernung ihres Zieles täuschen mochte, entfernte sich mit dem Hellerwerden, und die Büsche, Wege und die ferne Stadtsilhouette hoben sich wie ausgeschnitten voneinander ab. Der milde Frühdunst schuf eine sanft abgeschlossene Atmosphäre zwischen den Dingen. Sie türmten sich nicht mehr wie in einem chaotischen Traum: die Landschaft wurde durchschreitbar, mit den Schritten abtastbar, und plötzlich war die Gehende in ihr fast nächtliches Wandern zurückgeworfen, denn hinter der Stadt war die Sonne aufgestiegen und ließ die Häuser nur noch als dunklen Fleck erscheinen, in den das Licht eine brennende Bresche brach.

Eine Wegstrecke später war diese überraschende Heftigkeit übergegangen in eine gleichmäßige Helle, in der die Tücher auf den Wiesen ausgebreitet lagen wie unbewegt metallene Bänder.

Öfters blieb Viktoria stehen und schaute umher und stellte sich ihre Mutter in dem einsamen Haus an der Werse vor. Ein Bauernhaus, das zwischen Bäumen sichtbar wurde, schien wie eine täuschende Vorwegnahme ihres Ziels, und als sie sich dem letzten Dorf näherte, wurde der Wechsel der Wolkenschatten hektischer und deutete auf einen Wetterumschlag hin. Viktoria wurde immer häufiger bedeckt von Dunkelheiten, die ihren Gesichtskreis einhüllten, so daß die hellen Streifen, die in der Ferne aufleuchteten, wie unbetretbar erschienen.

Auf einer Wiese am Weg beschwerten Frauen die flatternden Seiten der Tücher und Laken immer wieder mit Steinen, damit der Wind sie nicht hinwegfegen konnte, während andere Frauen die schon getrockneten Stücke mit hastigen, aber geübten Griffen einfalteten. Das aufkommende Gewitter war der Grund ihrer Hast; für Viktoria breiteten sich die weißen Tücher wie ein großer Vorhang über die ganze Landschaft aus, so daß sie glaubte, ihr Gesicht werde von Reflexlichtern erhellt wie in einer Theaterloge. Als der Wind wieder einmal eines der Tücher aufblähte, war ihr, als hebe sich dieser Vorhang nach ihrer langen Abwesenheit, damit der entscheidende Akt endlich gespielt werde. In den dunklen Silhouetten der Umhergehenden erkannte sie jetzt nicht mehr nur die arbeitenden Frauen, sondern die Schauspielerinnen einer Tragödie, und da sie, wie häufig Zuschauer, nicht wußte, daß sie in das Spiel miteinbezogen und das Haus, zu dem sie wanderte, nur der etwas zurückliegende Teil der Szene war, wollte sie ihren Platz verlassen und weitergehen.

Als sie sich noch einmal umschaute, bemerkte sie, wie eine der älteren Frauen ihr nachblickte. Viktoria fühlte sich zurückgehalten wie manchmal von ihrer Mutter, wenn sie sich trennten und die Mutter ihr noch etwas sagen oder geben wollte. Trotz der Unbedeutendheit dieses fremden Blickes fühlte sich Viktoria betroffen. Sie hatte das Gefühl, sie müsse den letzten Brief der Mutter, den sie bei sich hatte, mit einer einzigen heftigen Geste der fremden Frau auf ein gerade sich aufblähendes Tuch wie in eine Waagschale werfen.

Noch aus der Ferne sah Viktoria, wie die Frauen die gefalteten Tücher vom Boden aufnahmen, auf einen Wagen türmten und das Weiß hinter dem Bretterwerk verschwand. Dann wurden die hellen Streifen am Himmel ganz in den Horizont gedrängt, und eine überraschende Gewitterdunkelheit breitete sich über der Ebene aus. Viktoria spürte die

ersten Tropfen, die schwer auf ihre Handflächen fielen. Für einen Augenblick wollte sie sich unter einen Baum stellen; als das Gewitter heftig einsetzte, begann sie zu laufen und erreichte schnell die Brücke, die über die Werse führte. Durch das gewittrige Halbdunkel sah sie das nicht mehr weit entfernte Haus der Mutter, das von Blitzen erhellt wurde. Viktoria lief quer über die nicht eingezäunte Wiese zur Wallhecke, die den Garten umsäumte. Während sie lief, prasselte plötzlich Hagel nieder und überzog ihre Haut mit einem schmerzenden Schauer. Die Gewitterschläge folgten so schnell aufeinander, daß sie nicht mehr um das Haus herum zur Haupttür, sondern geradezu auf die große Holztür zulief, die in die Stallungen führte. Sie zerrte die Flügeltür auf und trat, die Tür hinter sich schließend, in den Stall, der sich bis zur Küche hinzog.
Die Rundfenster hoch in den Mauern gaben ein spärliches Licht: Viktoria lehnte sich erschöpft an die Wand. Einige Geräte, die seit dem Tod des Vaters nicht mehr benutzt worden waren, hingen noch an den Wänden oder waren wirr am Boden verstreut. Ein Hobel, ein schartiges Messer, ein Lineal und eine Steinkugel, die von der Brücke vor dem Haus stammte, lagen beim Durchgang zur Küche. Das Pferd, das an der Traufe stand, bemerkte sie erst jetzt.
Als sie die Tür zur Küche öffnete, wäre ihr die Klinke beinahe aus der Hand gefahren. Die große Tür, die vom Garten in die Küche führte, wurde vom Wind gegen die Wand geschlagen. Blätter wirbelten auf die Fliesen. Gerade wollte Viktoria um den großen Küchentisch herumgehen, als sie ihre Mutter draußen hörte. Zweimal rief sie über den Hof: »Viktoria, ich habe dich doch gehört.« Dann klangen ihre schnellen Schritte auf dem Ziegelweg wider, der sich an der Hauswand entlangzog; sie erschien in der Tür, leise

aufschreiend und ihre Freude nicht verbergend. Viktoria ging auf sie zu und sagte: »Komm herein, du stehst im Regen.«
Ihre Mutter trat über die Schwelle und hängte ihr Schultertuch über eine Stuhllehne.
»Ich habe, seit Georg hier war«, sagte sie, »auf dich gewartet und hörte Geräusche an der Stalltür. Georg hat ja sein Pferd hiergelassen.«
»Du mußt deine nassen Kleider wechseln«, sagte Viktoria.
Sie standen sich gegenüber, beide von gleicher Größe und nur durch die Jahre voneinander getrennt. Viktoria beobachtete die Mutter, und diese, da sie den prüfenden Blick bemerkte, drehte sich zur Seite und nahm einen Kessel von der Wand. Viktoria kam ihr zuvor, füllte den Kessel mit Wasser und stellte ihn auf den Herd. Während sie aus dem Schrank Tassen holte, fühlte sie die Blicke ihrer Mutter, die leise vor sich hinsprach, im Rücken. Viktoria drehte sich herum, denn es klang ihr wie eine Bedrohung.
»Georg hat dir wahrscheinlich erzählt, daß ich für einige Zeit mit den Bachhausen nach Italien gehen werde«, sagte sie fast nachlässig. »Es wird eine wichtige Zeit für mich werden.«
Sie stellte, etwas heftiger als sie wollte, die Tassen auf den Tisch, rückte sich einen Stuhl zurecht und horchte auf den Regen, der nun in gleichmäßigen Strömen niederging. Endlich setzte sich die Mutter ihr gegenüber.
»Jetzt wird die Einsamkeit hier draußen länger«, sagte sie, »und die Pausen zwischen den Regenfällen werden die Zeit einteilen.«
Viktorias Blicke glitten durch die Küche, und die alte Frau sagte weiter: »Es ist alles beim alten geblieben, du wirst

keine Veränderungen bemerken. Das Haus ist wie ein altes Kleid, das ich schon zu lange trage, und ich bin froh, daß Georg hier war – einer der wenigen Besucher, die noch kommen. Seitdem du keine Zeit mehr hast und Georgs Vater gestorben ist, komme ich auch nicht mehr rüber, obwohl es so nahe ist. Manchmal glaube ich, daß das Land und die Wiesen immer weiter werden und das Haus wie eine Insel auf der Ebene schwimmt. Deshalb habe ich endlich mit Georg den Kaufvertrag gemacht. Ihr werdet das Haus, auch wenn ihr nicht darin wohnt, besser verwenden können als ich, und ich kann die Leibrente brauchen, denn dein Onkel, der mich aufnimmt, will seinen Hof mit dem Geld in Ordnung bringen. Ich werde mich bei ihm viel wohler fühlen.«

Da sie sich den starren Blick Viktorias nicht erklären konnte, fuhr sie schneller fort: »Ich rede und rede, während du alles viel besser weißt. Georg sagte mir, daß der Vorschlag mit der Rente von dir stammt. Seitdem sein Vater gestorben ist, muß sich Georg nur noch mit Grundstücksproblemen beschäftigen, und er versprach mir, wenn die beiden Grundstücke erst zusammengelegt und verpachtet wären, hättet ihr auch wieder mehr Zeit und würdet mich häufiger besuchen«.

»Also werden Georg und ich ja reiche Leute werden«, sagte Viktoria.

Der Mutter war es, als ob sie eine fremde Stimme höre; sie schaute in das Gesicht der Tochter, als hätte sie Schwierigkeiten, diese Stimme und die ihr vertrauten Züge miteinander zu verbinden. Als Viktoria die ratlos fragenden Blicke ihrer Mutter sah, stand sie abrupt auf und war mit einem Satz bei der Stalltür, stieß sie auf und verschwand im Dunklen.

Die Mutter hatte sich ängstlich erhoben. Erst als es still geworden war, rief sie: »Was ist denn, so antworte doch.« Dann hörte sie ein dumpfes Geräusch, als würde der Riegel an der Stalltür hochgeschoben. In die dunkle Türhöhlung zum Stall tretend, rief sie: »Viktoria!« Wie zur Antwort hörte sie den dumpfen Fall des Riegels.

Wenig später hielt die Mutter den zitternden Leib ihres Kindes in den Armen, das an ihrem Hals schluchzte. »Es stand auf Vaters Platz. Ich habe Georgs Pferd hinausgelassen, es stand auf seinem Platz.«

Während Viktoria diese Worte wie bewußtlos wiederholte, gelang es der Mutter, ihr einen Stuhl zuzuschieben. Sie schloß eilig die wieder vom Sturm aufgedrückte Tür zum Garten und flößte der Erschöpften langsam, Schluck für Schluck, etwas Tee ein; dabei strich sie der auf dem Stuhl Zusammengesunkenen mit der Hand über das Haar. Als sie den bloßen Nacken berührte, zuckte ihre Tochter zusammen.

»Du fieberst ja«, sagte die Mutter.

Viktoria, die das Gesicht in den Händen verbarg, antwortete: »Du hast recht, Mutter«, aber sie bestritt es gleich wieder: »Nein, es ist nichts, ich hatte nur eine kleine Auseinandersetzung mit Georg.«

»Jetzt ist alles wieder gut«, flüsterte die Mutter, »ich werde dich in dein Zimmer bringen.«

»Du hast recht«, sagte Viktoria noch einmal und lachte hastig, wie in einem Anfall, »es wird alles wieder gut. Georg und ich werden reich werden, und du wirst mit deinem Bruder ruhig leben.« Leiser fügte sie hinzu: »Und das Haus hier und den Vater werden wir vergessen.«

Ein grauer Streifen fiel in das noch nachtdunkle Zimmer und zeichnete auf die Dielen ein helles Quadrat. Schuhe und Kleider lagen dort wie vergessene Gegenstände; während sich Viktoria im Bett aufrichtete, schienen sie ihr wie unerreichbar; sie glaubte, nicht geschlafen zu haben. Erst als sie sich auf die Bettkante setzte und im Halbdämmer mit den Füßen auf den Dielen herumtastete, fühlte sie wieder die Sicherheit, die nur der Schlaf verleiht.

Sie blieb, ohne sich anzukleiden, auf der Kante sitzen, erinnerte sich an ihre Heimkehr und suchte sich auf einen Brief an Schlosser zu konzentrieren. Vom Nachttisch nahm sie ein Blatt Papier herüber und ein Buch als Unterlage.

»Ich stürze mich in diese Zeilen, wie ich mich in deine Arme stürzen würde, denn die Niedertracht Georgs und meine Schwäche machen alle Worte überflüssig. Die Macht, die Georg über mich besaß, war die Voraussetzung unserer Ehe. Ich komme bald, und wir werden zusammen leben. Es ist nicht Georg, nicht meine Mutter, sondern das feige Tier in mir, das mich zerreißt.«

Sie wollte den Briefumschlag gerade versiegeln, als sie von einem Geräusch unten im Hof aufgehalten wurde. Es verstummte wieder, begann von neuem, als ob etwas Hartes an Holz gerieben würde; aufhorchend trat sie ans Fenster. Die Büsche und Bäume draußen konnte sie nur als dunkle Flecken erkennen.

Leise, um die Mutter nicht zu wecken, zog sie sich an, stieg hinunter und öffnete die Haustür. Auf dem mit nassen Blättern bestreuten Ziegelweg, den ein schiefer Baum gegen das beginnende Grabengelände abschirmte, tastete sie sich, um auf den Blättern nicht auszurutschen, an der Hauswand entlang. Als sie um die Hausecke schaute, war es, wie sie

vermutet hatte: Georgs Pferd stand mit feuchtglänzendem Fell an der Stalltür und wollte hinein.
Viktoria lief den Weg zurück und durch die Küche in den Stall und sperrte den Riegel auf. Das Tier trottete herein; als sie es angebunden hatte, zog sie eine Decke von einem Balken und rieb es ab, strich ihm über den zitternden Hals und die klammen Weichen.
Draußen, jenseits des offenen Stalltors, verloren sich die Wiesen im Dunst. Die Kühle der Nacht war von der Sonne noch nicht vertrieben; Viktoria ging, um sich zu wärmen, im Stall hin und her: es war ihr zumute wie an jenem Morgen, an dem das Pferd ihres Vaters allein in den Hof zurückkam. Am Abend zuvor war er zu einem Patienten gerufen worden, und obwohl sich ein Unwetter angekündigt hatte, wollte er seiner ärztlichen Pflicht genügen. Sie hatte ihn wie immer, wenn er nachts unterwegs war, in der Frühe am Stalltor erwartet und das Unglück sofort begriffen, als das Tier wie ein stummer Bote vor ihr stand.
Als im oberen Stockwerk eine Tür klappte, ging Viktoria in die Küche und von dort, nachdem sie einen Augenblick unschlüssig herumgestanden hatte, in den Garten. Aus dem Fenster der Mutter fiel Licht; der zurückliegende Teil der Beete und Büsche lag im Dunkeln. Viktoria stellte sich vor, wie die Tür oben wieder zuschlug und das Licht ausgelöscht wurde und die Dämmerung, die noch schwer über dem Garten lag, alles wieder ins Dunkle hüllte; und sie lief die Wege zwischen den Beeten in einer immer schnelleren Bewegung ab, als müsse sie vor dem Schrecken fliehen, den sie als Kind empfunden hatte. Vor einer Steinbank blieb sie stehen und flüsterte mehrmals die Zahl einhundertzwölf, als sei es eine Geheimziffer. Das war die Anzahl der Schritte, die sie mit

dem Vater ausgemessen hatte, als sie den langen Weg anlegten, der den Garten in der Mitte teilte.
Alles war damals getan: die Beete gesäumt, das Buschwerk schützend an den Rand gepflanzt, die Blumen ausgesucht, und auch die Diskussionen mit der Mutter, die lieber einen Nutzgarten angepflanzt hätte, waren fast vergessen. Am Mittelweg wollte aber der Vater noch Statuen aufstellen. Gemeinsam mit der Tochter versuchte er, die Abstände auszuzählen, und neben den großen Schritten des Vaters kamen ihr die eigenen wie eine lange Reise vor. Der Vater griff das Spiel auf und rief erst leise, dann triumphierend wie vom Kutschbock einer Postkutsche die Stationen Bonn Zürich Gotthard Mailand Florenz aus: so einigten sie sich schnell, wo die Statuen stehen sollten, obwohl die Schrittlänge des Vaters eine andere war als die des Kindes und die Poststationen beladen waren mit Namen, deren Gewicht das Kind nicht begreifen konnte. Als der Vater sagte: Berlin Austerlitz Jena, wußte sie nicht, daß es für den Vater nicht Namen der Erwartung, sondern des Abschieds von seiner Jugend waren, des Abschieds von der Universität, den Freiheitsoden und der Ahnung einer neuen Gemeinsamkeit, die sich nicht bewährt hatte vor dem fremden Eroberer.
Viktoria wiederholte noch einmal laut »Berlin Austerlitz Jena« und glaubte jetzt, die Statuen zu sehen wie damals der Vater: sie täuschten mit ihren gesunden Gliedern, denn er hatte sie halb im Schmutz steckend, hatte die zerfetzten Uniformteile und die blutigen Laken gesehen, auf denen die Verletzten lagen. Das Abgehen des Weges schien nun auch ihr wie einer der täglichen Lazarettgänge ihres Vaters, denen er fast hilflos ausgesetzt gewesen war und die sich auf andere Weise fortsetzten, als er nach Hause kam und

mitansehen mußte, wie der Sieg verstümmelt und das Wort Freiheit nicht eingemeißelt wurde in die Denkmäler. Seine Anstellung als Landarzt, die der Mutter als größtes Glück erschien, wurde ihm zur neuen Erniedrigung. Er verschrieb den Bauern nicht nur die helfenden Mittel, sondern erklärte ihnen auch, wie man Verträge las, und das wurde ihm als Undankbarkeit gegen die Obrigkeit ausgelegt, die nur gesundes Zugvieh brauchte, während der Vater immer behauptete, es wäre besser, wenn alle zu Fuß gingen.

Auch seine große Reise im Garten hatte er ja mit seiner Tochter zu Fuß gemacht, in einem Spiel, dessen Ernst die Mutter nicht begriff. Er wurde ihr erst bewußt, als das Pferd des Vaters allein zurückkam und alle sofort behaupteten, daß es ein Unfall gewesen sei; ein niederstürzender Baum, so erzählte man später dem Kind, habe den Vater während des Gewitters erschlagen.

DIE STRASSE FÜHRTE nach Süden an Wiesen und abgeernteten Äckern vorbei. Die grauen Büsche unterschieden sich nicht von den Feldern, denn der Regen löschte die Landschaft aus, verwischte die Konturen, als seien sie auf Fließpapier gezeichnet. Die hastig vom Wind bewegten Wolken schienen plastischer als die beliebig wirkenden Formen der Büsche und Bäume. Und der Regen rann so dicht, daß er vom Boden nicht mehr aufgenommen wurde und die Wege und Straßen in Pfützen und Lachen verwandelte. Die grünrissigen Weiden und Pappeln am Straßenrand wurden vom Wind geschüttelt; ihre silbernen Unterseiten blinkten wie Lichter in die nahen Moore. Viele Bäume hatten der Gewalt des Wetters nicht standhalten können und ragten, das klumpige Wurzelwerk halb aus dem Wasser streckend, aus den überschwemmten Wiesen. Die abgebrochenen Äste mit ihren hellen Bruchstellen waren zu Wegsperren geworden, und immer wieder mußte die Kutsche halten.

Einmal blieb sie als ein regennasser Block, der nicht mehr zu bewegen schien, im Morast stecken. Der Kutscher stieg ab, um den Boden zu prüfen, als ein Ast polternd auf das Verdeck fiel. Das rechte Pferd scheute und bäumte sich auf, der Wagen ruckte an, und sicher wären die Pferde durchgegangen, wäre der Kutscher ihnen nicht in die Zügel gefallen. Er beruhigte die Tiere und lenkte den Wagen langsam durch die überflutete Straße.

Später fuhren sie stetig zwischen den windgeschüttelten Bäumen dahin, die sich wie ein langes Band in der Ebene verloren. Viktorias Mutter blickte, wenn der Regen sich lichtete, besorgt in diese Ferne; die Tochter ließ die vom Regen schwarz glänzenden Baumstämme an sich vorübergleiten.

»Du mußt das Fieber schon in dir getragen haben, als du zu

Hause ankamst«, sagte die Mutter und beugte sich zu Viktoria vor und zog ihr die Decke, die von den Knien gerutscht war, sorgsam wieder an den Körper. Viktoria umklammerte, als strenge es sie an, mit beiden Händen die Decke und lehnte sich seitlich zum Fenster.

Der Nachmittag ging unmerklich in die Dämmerung über. Die Wolken bekamen die Farbe des regennassen Geästs, die Helligkeiten zwischen den Baumstämmen erinnerten an graue Vorhänge, die bald die ganze Ebene bedeckten. Viktoria sah hinaus; es schien ihr ein unnützer Versuch, hinter diesen Vorhängen die Umrisse der Häuser und Bäume noch deuten zu wollen. Sinnlos ist es auch, dachte sie, die Mutter aus ihren Wünschen herauszureißen. Das Bild, das sie von Georg und mir mit sich herumträgt, sollte nie wieder an der Realität gemessen werden. Es ist besser, wenn sie glaubt, ich handle unter dem Einfluß eines Fieberanfalls, denn in ihren Augen wird mein ganzes Leben von einem einzigen Fieberanfall vorangetrieben. Diese Aufbrüche, diese unruhigen Reisen können für sie nichts Neues bedeuten, sondern sind nur das Alte, das von einem Wahn geschüttelt wird. Sie verstand mich schon nicht als Kind, wenn ich krank war und der Vater mir zwischen seinen Ausritten seine Geschichten erzählte und ich von einer Geschichte in die andere lebte, bis ich dachte, es ist besser krank als gesund zu sein. Und ich wollte auf die Geschichten nicht verzichten, auch nicht, als der Vater nicht wiederkam. Als ich damals in den Wald lief, wußte ich, wenn ich ihn nicht finde, dann findet ihn niemand.

Die Mutter, die eingenickt war, ruckte auf und fragte Viktoria, ob sie etwas gesagt habe.

»Ja, aber ich will dich nicht stören«, antwortete Viktoria. »Es ist wie eine Berufskrankheit: manchmal gehe ich in

meinem Zimmer auf und ab und spreche einen Entwurf, eine Geschichte oder eine Erinnerung laut vor mich her.«
»Schon früher«, sagte die Mutter und nickte, »habe ich beobachtet, wie du Geschichten, die man dir erzählte, wiederholt hast, als müßtest du sie auswendig lernen.«
Der Wagen hielt wieder und blieb am Straßenrand stehen. Die Frauen schauten sich fragend an; wie zur Antwort hörten sie aus der Ferne einen Ruf. Es war ein Eilwagen, der sich von hinten näherte und Platz forderte. Während sie der Eilwagen überholte, rief eine Stimme dem Kutscher etwas zu, was die Frauen nicht verstehen konnten. Sie sahen aber, wie der Kutscher vom Bock stieg und den Schwenkarm mit der Laterne weiter nach außen drehte, so daß das Licht stärker in das Innere des Wagens fiel.
Viktoria konnte nun das Gesicht der Mutter besser erkennen. Der Wagen fuhr an, und die Mutter, die eingenickt war, schien sich groß über ihr zu bewegen wie an manchen Abenden in der Kindheit, wenn über der Tischkante, an die das Kind gerade heranreichte, das Gesicht der Mutter auftauchte. Diese Entfernung konnte Viktoria nur überwinden, wenn sie ihre Erinnerungen der schlafenden Mutter erzählte, als wolle sie ihr schweigendes Einverständnis mit auf die Reise nehmen: »Als ich das Licht der Laterne sah, die die Wegkreuzung beleuchtete, an der man den Vater gefunden hatte, lief ich schreiend in die dunklen Rücken der herumstehenden Männer hinein. Jemand führte mich beiseite und hinderte mich, den toten Körper zu sehen. Eine Stimme über mir befahl: Georg, bring sie nach Hause, und gleich darauf wurde ich von einem Knaben weggezogen, der sagte: Ich bringe dich nach Hause. Als ich mich losreißen wollte, schrie er: Ich hab ihn gefunden! Ich glaubte, einen nie endenden Kampf mit ihm führen zu müssen, lief davon

und rief: Das ist nicht wahr! Nach wenigen Schritten hatte er mich eingeholt und zwang mich zu Boden. Als er über mir lag und mein Gesicht in das feuchte Gras drückte, mußte ich ihm glauben. Er schrie auf mich ein, als wollte ich ihm etwas wegnehmen, was nur ihm gehörte: Frag doch meinen Vater, er wird dir sagen, daß ich ihn gefunden habe.«

Viktoria lehnte sich zurück, als erwarte sie eine Reaktion ihrer Mutter, aber die rührte sich nicht. Trotzdem beugte sich Viktoria vor und legte den Kopf in den Schoß der Mutter und sagte leise, als höre jemand zu: Siehst du das Licht draußen, diesmal wird es mich von meiner Suche nicht abhalten. Ich werde meine Reise durchsetzen.

Viel später erreichte die Kutsche die ersten Lichter von Wesel, das unter den dräuenden Nachtwolken lag.

Am nächsten Morgen verließen sie schon früh das kleine Hotel, in dem sie genächtigt hatten, und gingen zu den Schiffen. Die Gasse, die zur Anlegestelle führte, senkte sich zwischen den Häusern; als sie auf einen runden Platz traten, schien es Viktoria, daß sich der Weg auf dem grauen Fluß fortsetzen würde. Das weite niedrige Ufer war für den Strom keine Barriere, sondern die Eindämmung eines sich endlos dehnenden Meeres. Dieses Gefühl stieg wieder in ihr auf, als sie sich an Bord über die Reling lehnte und die Mutter am Ufer stehen sah.

Die vordergründigen Aufgaben dieser Reise waren für die Mutter beendet; ihre letzten Worte waren Viktoria so nüchtern und selbstverständlich erschienen wie an den Schultagen in der Kindheit, wenn sie sich mit der gepackten Schultasche von der Mutter verabschiedete und die Mutter sich ihrer gewohnten Hausarbeit zuwandte: »Nun geh schon, mein Kind, das Fuhrwerk wird gleich kommen.« Später stand Viktoria zwischen dem Gepäck der Reisenden und den sich noch einmal umarmenden Familien, und in dieser Turbulenz schien ihr die Selbstverständlichkeit der Mutter am Ufer von einer unbewußten Würde, die der alten Frau die Ungebrochenheit zurückgab, mit der sie vor fast fünfzig Jahren aus ihrem Dorf aufgebrochen war, um den Vater zu heiraten.

Die Haltetaue wurden gelöst; während das Schiff ablegte, wuchs die Mutter inmitten des Rufens und Winkens am Ufer mit dem Mast, an den sie sich gelehnt hatte, zusammen und blieb in den sich durcheinanderkreuzenden Bewegungen als der einzige feste Punkt haften. Einmal machte sie eine Bewegung, als ob sie sich dem allgemeinen Winken anschließen wolle, aber nach dieser halb ausgeführten Gebärde wurde sie wieder zu der fernen Silhouette, mit der eine Begegnung nicht mehr möglich war.

Das Schiff stieß schneller vom Ufer ab, als Viktoria es erwartet hatte. Die Ruderboote, die es in die Mitte des Stroms zogen, hakten sich aus, und die schweren Schaufeln wühlten das Wasser auf. Viktoria schloß die Augen; das Nachbild der Mutter flimmerte in der Dunkelheit, als habe sie zu lange in die Sonne geschaut. Eine breite Regenwand wölbte sich über dem ferneren Horizont, während über dem Strom die Sonne hervortrat und über das flache Land lange Schlagschatten warf. Die Atmosphäre war dunstig und regennaß von den Vortagen, die Uferstraßen schienen mit dem Strom in eine Richtung zu fließen, und Viktoria wunderte sich nicht, daß sie diesem Gefühl nachgab und das Wiedersehen mit Schlosser an das Ende dieses Fließens setzte.

Auf dem Oberdeck bemerkte sie einen etwa fünfzigjährigen Mann, der hastig hin und her ging, als vermisse er etwas. Viktoria mußte lächeln, denn sie glaubte, der Mann suche nach seinem Gepäck; als sie genauer hinschaute, erkannte sie ihren Irrtum. Der dunkelgekleidete, etwas nach vorne gebeugte Mann eilte vom Gehäuse der Schaufelräder bis zu den Schornsteinen so regelmäßig hin und her wie ein Wachhabender oder Gelehrter, der in seinem Zimmer nach einer Formulierung sucht. Es erinnerte sie an Schlossers Eigenheit, hin und her zu gehen, wenn er jemandem etwas erklärte; einmal hatte er ihr so die Unterschiede zwischen Stammhirn und Großhirn erklärt, denn er beschäftigte sich in der letzten Zeit mit der materiellen Bedingtheit der Nerventätigkeit.
Viktoria legte eine Hand auf die Reling. Erst jetzt wurden ihr das Stampfen und die rasselnde Vibration bewußt, die sich von den Schaufelrädern auf die Laufstege und die Reling und auch auf ihren Körper übertrug. Die Gleichmäßigkeit eines solchen Vorganges kannte sie nicht. In der Kindheit hatte sie mit dem Vater bei gemeinsamen Ausritten manche heftige Bewegung, manchen Sprung mitgemacht und sich wie ein Zentaurwesen mit dem Tierleib verwachsen gefühlt; nun schien ihr, daß das ganze Schiff auf sie einschlug. Sie schaute wieder, wie um sich abzulenken, auf das Oberdeck zu dem immer noch hin und her schreitenden Mann: er bewegte sich jetzt, als habe er ein Spiel entwickelt und als schützten ihn die selbstgestellten Spielregeln vor der Umgebung – so wie sich Schlosser mit seinem nur scheinbar skurrilen Verhalten vor seiner Umgebung und seinen Kollegen schützte.
Viktoria wickelte sich ihren Schal fester um die Schultern; trotz der Morgenstunde war es wieder fast dunkel gewor-

den, und vom Fluß stieg die Kälte eines herbstfeuchten Tages. Das Wasser war jetzt ein graues Band, das sich vor dem Schiffsbug entrollte. Vom mittleren Deck aus sah Viktoria die miteilenden Spiegelbilder der Häuser und Uferbüsche. Als sie eine Durchgangstür öffnete, schlug ihr eine unerwartete Helligkeit entgegen: vor ihr lag ein länglicher, am Bug abgerundeter Saal, einer jener umglasten Festsäle, die auf den großen Rheinschiffen in den letzten Jahren Mode geworden waren. Diese schwimmenden Säle trieben auf dem Strom in der Dämmerung wie hellerleuchtete Argonautenschiffe, und die Bevölkerung an den Ufern begrüßte die neue Attraktion, als sei sie die Fortsetzung eines Fastnachtstreibens.

Von diesen Gedanken und Gefühlen waren die Festteilnehmer, die Viktoria beobachten konnte, unberührt. Sie saßen sich an zwei langen weißgedeckten Tafeln gegenüber und hörten einem Redner zu, der hinter dem Präsidiumstisch stand. Dieser Tisch war der halbrunden Form des Buges eingepaßt und stand etwas erhöht; hin und wieder ging ein lebhaftes Kopfnicken und Winken von den Tafeln zum Präsidiumstisch. An der Wand dahinter hing eine von Girlanden gerahmte und vergoldete Fünfzig. Die Bedeutung dieser Ziffer konnte Viktoria nicht enträtseln; die erklärende Schrift war von verrutschten Eichenkränzen bedeckt.

Jemand forderte sie von hinten auf, beiseite zu treten. Als sie sich umdrehte, schaute sie in die gleichgültigen Züge eines Kellners, der, ohne sich zu entschuldigen, sie anstieß und in den Saal ging. Dort schien die Feierstunde weit fortgeschritten. Der Redner schwieg plötzlich, drehte den Kopf und blickte in die Richtung eines Sessels, den Viktoria erst jetzt wahrnahm.

Wie ein Bischofsstuhl stand er ein Stück vom Präsidiumstisch entfernt, umhüllt mit Fahnen, die hinter der Rückenlehne aufragten. In dem Sessel saß eine junge Frau. Hochaufgerichtet hatte sie sich nach hinten gepreßt, ihre Arme lagen wie angebunden auf den Lehnen. Viktoria konnte sich nicht vorstellen, daß diese junge Frau sich jemals wieder bewegen könnte. Nur ihr Blick hatte noch etwas Menschliches. Er tastete den Saal ab, als sei sie in dem Sessel gefangen, glitt von den Festtafeln zum Präsidiumstisch, suchte die Fenster zu durchdringen und das Ufer des Stroms, das feste Land zu erreichen. Nach einer kurzen Bedenkpause, in der sie die müden Lider geschlossen hatte, öffnete die junge Frau die Augen wieder, als sehe sie im Land furchtbare Brände und gewalttätige Horden, die die Weinberge, die Ufer, die Städte verwüsteten, getrieben von einem ihr unerklärlichen Gesetz, das die schwimmende Festinsel in ein brennendes Floß verwandelt hatte.
Von dieser Vorstellung konnte sich Viktoria nicht trennen. Die junge Frau dagegen blieb in ihrer Erstarrung; erst als vom Präsidiumstisch ein Zeichen kam, ging die straff Geschnürte und von einem weiten Rock Umflossene in die Mitte des Saals, stieg auf ein Podest und hob einen Arm. Nach großem Beifall, der nur langsam verebbte, zog der Redner an der Schnur zu einem Vorhang und enthüllte einen Mast, in dem die Fahnen aller deutschen Stämme steckten. Während er noch an der Schnur zog, lief ein junger Mann quer durch den Saal. Er stürzte auf das Podest zu, krönte die wie erstarrt stehende Frau mit einem Eichenkranz. Er riß seine Arme in die Höhe und rief: »Vivat Germania!« Mit der Hand wies er nach draußen, und wie in der Silvesternacht, wenn die Glocken erklingen, sprangen die Festteilnehmer alle auf und stürmten an Vikto-

ria vorbei hinaus aus dem Saal. Stühle wurden umgeworfen; an der Treppe, die hinauf zur Reling führte, entstand eine Drängelei. Bald aber konnten alle das hell erleuchtete Ufer von Bonn sehen, ihre Hurrarufe tosten ans Ufer und drangen ins das Land, während unten im leeren Saal Germania in unermeßliche Weiten sah. Selbst die heftiger werdenden Bewegungen des Schiffes, das auf die Anlegestelle zusteuerte, konnte ihre denkmalhafte Erstarrung nicht lösen.

Die Passagiere hatten das Schiff verlassen und verliefen sich langsam. Viktoria stand noch immer auf dem Anlegeplatz und schaute in die umliegenden Straßen, ob Schlosser nicht doch noch kommen werde; die beginnende Dunkelheit und der einsetzende Regen mahnten sie, eine Unterkunft zu suchen. Ein Hotel fiel ihr ein, das in der Nähe des Münsterplatzes liegen mußte. Schlossers Abwesenheit schien ihr wie ein Vertrauensbruch; sie fragte sich, ob er ihren Brief überhaupt bekommen hatte, und betrat, sich immer wieder umwendend, eine Allee, die vom Landungsplatz nach rechts führte.

Der Regen war in der ruhigen Allee das einzige Geräusch. Das Licht, das aus den Häusern nach draußen fiel, hatte nur für den Heimkehrenden etwas Tröstliches; für den Fremden, den ein Hotelzimmer erwartete, war es abweisend. Viktoria blieb immer wieder stehen, setzte die Reisetasche ab und schaute sich um; einmal erblickte sie seitlich in einem hellen Fenster ein halbwüchsiges Mädchen, das sie beobachtet haben mußte. Als sich Viktoria über die nassen Haare strich, ahmte das Kind ihre Bewegung nach. Viktoria hob ihre Tasche auf, und das Kind in seiner Beharrlichkeit bückte sich und griff nach einer imaginären Tasche unter dem Fenster. Während es sich aufrichtete, lachte es hell aufkreischend hinter Viktoria her.

Sie ging nun schneller, und nach einer Kreuzung bog sie in eine Straße ein, in der die Häuser bescheidener aussahen. Plötzlich blieb sie stehen und wäre beinahe in das gleiche kindliche Gelächter ausgebrochen, das sie vor wenigen Minuten noch gehört hatte. Sie stand vor einem niedrigen Haus, suchte die Hausnummer und fand eine Fünfzig und wußte sofort, daß es eine Sechsundfünfzig sein mußte, denn der obere Strich der Sechs war abgesplittert: da stand sie nun vor Schlossers Haus. Die Gartentür schlug im Wind an den Zaun; Viktoria überhörte das Zuschlagen der seitlichen Eingangstür. Einen Heraustretenden nahm sie nur als eine sperrige Bewegung wahr, die von der Dunkelheit fast wieder verwischt wurde. Noch ehe sie das Gesicht des Eilenden erkennen konnte, wußte sie, daß es Schlosser war. Lautlos, als wolle er sie vor einem Unglück bewahren, lief er auf sie zu, und in einem heftigen Gefühlsausbruch, wie sie es sonst an ihm nicht kannte, breitete er die Arme aus und sagte immer wieder: »Viktoria!« Bevor er ihr seinen Mantel um die Schultern legte, drückte er das pendelnde Gartentor ins Schloß.

Viktoria duldete, wie betäubt von den auf sie einstürmenden Empfindungen, das schwere Kleidungsstück auf ihren Schultern. Seine Erregung ließ nach wenigen Schritten schon nach. Er drückte Viktoria fest an sich und sagte: »Wir gehen essen, ich habe beim Sonnenwirt ein Abendessen bestellt.«

Als sie sich dem Gasthaus näherten, hatte er seine ganze Sicherheit, die Ausbrüche immer vermied, wiedergewonnen. Er erzählte von einer Vorlesung, vom Besuch eines neuen Dozenten, der ihn über die Zeit aufgehalten, und daß er, Schlosser, deshalb den Pedell zur Anlegestelle geschickt und ihm eine genaue Beschreibung ihrer Person gegeben habe.

»Ich ärgere mich jedesmal über diesen Trottel, er hat dich verpaßt«, sagte er und drückte die Tür zum Sonnenwirt auf.

In der Gaststube kam ihnen der Wirt gleich entgegen und führte sie wie gute Bekannte an einen Tisch, der in einer Nische stand. Viktoria mußte, immer wieder unterbrochen von den lauten Stimmen anderer Gäste, die Etappen ihrer Reise erzählen. Schlosser schien nicht zuzuhören. Er schüttelte dauernd den Kopf, und als Viktoria ihn fragend ansah, sagte er: »Aber ich hatte dem Pedell ausführlich beschrieben, wie du aussiehst.«

»Hast du überhaupt meinen Brief bekommen?« fragte Viktoria.

Er holte zu einer langen Erklärung aus, sagte dann aber nur, da er ihre Unruhe bemerkte: »Nun ist alles ganz einfach. Sprechen wir nicht mehr davon.«

Sie schaute ihn erstaunt an, schwieg und drehte sich halb von ihm weg, als wolle sie aufstehen.

»Erzähl doch weiter von deiner Reise«, sagte er. »Ich habe heute nur Ärger gehabt, Berthe macht wieder Schwierigkeiten. Warst du noch einmal in Köln?«

»Ich bin mit dem Schiff an Köln vorbeigefahren«, sagte Viktoria. »Wenn ich ausgestiegen wäre, wäre ich als Fremde durch die Straßen gegangen. Die vorübergehende Zeit steht fast körperlich vor dem Abschiednehmenden, vielleicht sind so bei den alten Völkern die Personifikationen entstanden. Dieses Gefühl ist so stark, daß die Zeit eine Parze wird,

eine alternde Frau, die vor uns hintritt auf einem Schiff oder an einer Straßenecke vorübergeht.«
»Du mythologisierst wieder«, sagte Schlosser, »aber das ist dein Beruf. Meine Aufgabe ist es, die Mythologien zu entflechten, die sich bei den Völkern wie bei den einzelnen festsetzen und sich in ihre Nerven eingraben.«
Der Wirt kam an den Tisch, brachte aber nicht die bestellte Mahlzeit, verbeugte sich nur knapp, fast militärisch gegen Schlosser und sagte, der Kellner habe sich mit der Tischreservierung geirrt, und er müsse sie an einen anderen Tisch bitten.
Schlosser wollte diesen Zwischenfall schnell beendet sehen. Indem er aufstand, sagte er zu Viktoria: »Du mußt morgen unbedingt zur Gastvorlesung und der anschließenden Sektion kommen. Man hat sogar Einladungskarten verschickt.«
»Mir ist es hier zu laut«, sagte Viktoria. »Wenn wir schon den Tisch wechseln müssen, dann laß uns gleich gehen.«
Schlosser rief den Wirt zurück. »Wir gehen«, sagte er und legte ein Trinkgeld auf den Tisch, »hier ist es zu laut.«
Draußen blies ihnen der Wind voll ins Gesicht. Während sie die Straße überquerten, rief Schlosser: »Es ist unverantwortlich, hier nachts durch den Regen zu spazieren. Laß uns in den Gasthof zurückkehren und eine Droschke nehmen.«
Gegen den Wind sagte Viktoria: »Ich habe noch kein Hotel.«
Darauf blieb Schlosser stehen und sah sie an. Fast bittend schob er sie in einen Hauseingang. »Ich weiß nicht, was mit mir heute los ist, aber die Umstände spielen mir einen bösen Streich. Habe ich dir nicht geschrieben, daß mir ein Freund die Schlüssel seiner Wohnung in der Riedgasse überlassen

hat? Du kannst dort übernachten, er ist verreist. Aber das hatte ich dir doch geschrieben«, wiederholte er beharrlich, beinahe trotzig wie ein Kind.
Viktoria wich, soweit es der enge Eingang zuließ, etwas aus und antwortete: »Vielleicht stehst du nicht gut mit der Post.«
»Alles hat sich gegen mich verschworen«, sagte Schlosser und lachte, »selbst das Wetter ist gegen mich. Ich habe es mir so schön vorgestellt, wie ich dich an einem sonnigen Tag vom Schiff hole, und jetzt kämpfen wir mit den Regenmassen.«
Er machte eine Bewegung mit der Hand, als wolle er Viktoria den Weg in die fremde Wohnung erklären. Dabei wischte er mit seiner Handfläche über ihren Handrücken; als beide die Berührung spürten, ließen sie die Hände sinken.
Durchnäßt kamen sie vor der fremden Wohnung an. Schlosser gab Viktoria den Schlüssel und zeigte ihr, auf der Treppe stehenbleibend, die beiden Zimmer, die rechts vorne am Flur lagen, und fragte, in den Hauseingang zurücktretend: »Du kommst doch morgen?« Er wartete ihre Antwort nicht ab und drehte sich zur Straße. Viktoria sah noch, wie er in die gegenüberliegende Gasse einbog.

Es regnete noch immer, als sie am anderen Morgen aufstand und sich an den Schreibtisch setzte und die letzte Überarbeitung ihrer Novelle »Laura« durchging. Manche Sätze las Viktoria leise vom Blatt ab, während sie andere laut aufsagte, um den Rhythmus abzuwägen. Sie trat ins Nebenzimmer und sprach in den fast leeren Raum; es klang ihr so überzeugend, daß sie die Einladung zur Lesung bei den Bachhausen annehmen wollte. Dann ging sie zurück zum Schreibtisch und schrieb ruhig eine Stunde weiter.

Als sie plötzlich aufschaute und in den Garten blickte, rann von der seitlichen Begrenzungsmauer der Regen. Die Tropfen glänzten auf den Blättern im einfallenden Licht, große Pfützen hatten sich auf dem mit Steinen belegten Weg gebildet, und Viktoria erinnerte sich an den verflossenen Abend, als sich Schlosser so hastig verabschiedet hatte und über die Straße weggelaufen war. Immer wieder drängten sich seine Worte, sein Näherkommen, die Verabredung für den Abend zwischen die Zeilen und unterbrachen den Fluß der Erzählung.

Während sie das Essen zubereitete, suchte sie sich wieder auf den Text zu konzentrieren. Es gelang ihr nicht mehr; sie verließ früher als geplant die Wohnung und ging durch die naß glänzenden Straßen.

Am späten Nachmittag wandte sie sich zur Universität. Sie glaubte sich zu erinnern, Schlosser hätte gesagt, die Festvorlesung finde im obersten Stockwerk statt; deshalb stieg sie die Treppe zum ehemaligen Schloß hinauf. Oben sah sie sich suchend um und bemerkte am Ende des Ganges eine Tür, aus der ein Lichtschein fiel. Sie hörte Stimmen und Geräusche, fand aber nur einige ältere Frauen, die die Bänke in einem Vorlesungsraum säuberten. Als sie im Gang an eines der Fenster trat, mußte sie laut lachen, denn unten war der Pförtner im Begriff, das Portal zu schließen.

Viktoria lief hinunter und rief schon von weitem, daß man noch warten solle. Dann ging sie hastig den Parkweg entlang, den ihr der Pförtner gewiesen hatte. Bald erblickte sie die hell erleuchtete Tribuna, und jetzt erinnerte sie sich auch, daß Schlosser ihr einmal den Bau von Schinkel

ausführlich erklärt hatte: ein flacher Bau, wie eine pompeianische Villa breit gelagert. Sie mußte um das Gebäude herumgehen, um den Eingang zu finden.
Neben einer Reihe wartender Kutschen standen Studenten, die ihr zuriefen, daß die Vorlesung schon begonnen habe. Viktoria lief ins Vestibül, und von oben kam ihr ein Pedell entgegen und versperrte ihr den Weg.
»Die Haupttür ist schon geschlossen«, rief er, und wie um sie zu trösten, setzte er hinzu: »Folgen Sie mir.«
Wenig später wurde eine kleine Seitentür geräuschlos hinter ihr zugedrückt, und Viktoria stand im Halbdämmer eines ihr rund erscheinenden Saales. Sie lehnte sich an die Wand, um sich zu orientieren. Unter der Decke hing ein riesiges rotes Tuch, das auf sie niederzufallen schien: im Gefolge einer Minerva schwebten dort Musen und ein etwas fremd wirkendes Skelett. Die spärliche Helligkeit sammelte sich an den eingewebten Figuren. Viktoria blieb so lange stehen, bis sie das amphitheatralisch aufgebaute Holzgerüst, das den Raum beherrschte, genau erkennen konnte. Sie stellte sich vor, daß Schlosser in diesem Gerüst, das wie ein Bienenkorb in dem Saal steckte, eingeschlossen war mit den geladenen Herren und Damen und dem unbeseelten Körper, der in der Mitte aufgebahrt liegen mußte.
Ein schmaler Gang führte sie über eine Treppe auf die Ränge. Im Vorübergehen bemerkte sie einen Pressezeichner und zwei Studenten, die leise, aber heftig miteinander diskutierten. Einen Blick auf das Blatt des Zeichnenden werfend, sah sie mächtig ausgestattete Puffärmel, hochgetürmte Locken und Seidendraperien, die über einer Balustrade hingen. Trotz ihrer Verwirrung konnte sie alles, was der Zeichner oben auf dem Papier hatte, auf den Rängen und im Saal unten wiedererkennen: trichterförmig vertieft

die halb entblößten Rücken der Damen und die hochgeschlossenen Krawatten der Herren, die mit ihren Handschuhen spielten und nach unten in die Tiefe wiesen, die wie das Ende eines Tunnels von überraschender Lichtfülle war. Hinter den abgeschatteten Profilen, den dunklen Frackrükken erblickte Viktoria in der hellen, über dem Sektionstisch angebrachten Beleuchtung auch den dozierenden Arzt. Mit seinem Assistenten hantierte er wie an einer Festtafel, und da der theoretische Teil der Vorlesung gerade zu Ende war, wies der Dozent auf ein Piedestal hin, das rechts neben ihm stand. Darauf thronte ein überlebensgroßer Kopf aus Gips, ein Gallsches Modell, das die Hirnregionen zeigte, die farblich variiert waren und den Schädel unterteilten. Dann gab der Dozent dem Assistenten einen Wink. Der Assistent entblößte den Kopf des unbeseelten Körpers, der auf dem Sektionstisch lag, bis zu den Schultern: eine gewisse Bewegung ging durch die Zuschauer, als sie das Gesicht einer blonden Frau erblickten, die wie in tiefem Schlummer ruhte. Die Nähersitzenden konnten den säuberlichen Einschnitt sehen, der durch die Mitte der Stirn über die Ohren bis zum Hinterkopf ging und dort von langen Zöpfen verdeckt wurde. Als der Dozent die Schädelkalotte abgenommen hatte, lagen darunter vollkommen präpariert das rechte Auge und die rechte Großhirnhemisphäre. Auch die einzelnen Hirnhäute waren entfernt worden, die linke Hemisphäre des Großhirns lag wie eine Walnuß da.

»Das Großhirn beginnt sich bei Reptilien und Vögeln zu entwickeln, während man beim Fisch kaum von einem Großhirn sprechen kann«, sagte der Dozent. »Bei den Säugern und vor allen Dingen beim Menschen erreicht es die höchste Entwicklung. Dem Großhirn kommt die Aufgabe zu, die tiefer gelegenen Abschnitte des Gehirns zu einem

Ganzen zu verbinden, und so, durch das Zusammenwirken aller Abschnitte, werden Qualitäten wie Fühlen, Denken und Wollen gewonnen.«

Viktoria schaute, um den Schock, den die Demonstration in ihr ausgelöst hatte, zu überwinden, auf das Gallsche Modell. Wie eine Puppe aus der Kindheit schien es alle Schmerzen, alle Verletzungen aufzufangen. Wie von selbst aber fiel ihr Blick wieder auf die freigelegte Gehirnmaterie: gerade wies der Dozent auf die motorischen Zentren hin, die vor der Zentralfurche des Stirnlappens liegen und die einzelnen Körperabschnitte in Bewegung setzen.

»Die motorischen Zentren für das Schreiben und Lesen«, sagte er, »liegen noch weiter vorne im Stirnlappen.«

Viktoria traf dieser Satz wie eine Erleichterung. Die Qual, die der Vormittag ihr gebracht hatte, als sie an ihrer Novelle arbeitete, schien ihr nun als ein unnötiger Irrweg: dieses offenliegende Denkzentrum unter den wissenden Händen des Dozenten sah so vollkommen, so rein, so unblutig aus wie eine perfekte Maschine. Eine sanfte Bewegung mit der Pinzette an einer der Windungen entlang könnte den unter einem Tuch verborgenen Arm der Toten zu einer Geste des Schreibens, zu Sätzen ermuntern, und Hand und Finger würden Wörter aufschreiben, die alle schon vorgeformt in unermeßlichen Kombinationen in den Windungen verborgen lagen.

Der Dozent kennzeichnete nun die Zentren für kinästhetische Sensibilitäten, die er die Körpergefühlssphäre nannte, erwähnte die Sprachzentren, bei denen ein sensorischer von einem motorischen Teil zu unterscheiden sei, wies auf das Sehzentrum, das auf der medialen Fläche des Hinterhauptlappens im Gebiete des Cuneus liege und in dessen Nachbarschaft sich ein übergeordnetes Zentrum für optische

Erinnerungsbilder befinde, und schwieg einen Augenblick. Dann setzte er entschuldigend hinzu, daß die summarische Aufzählung hier genügen müsse, da er die Ehre habe, vor einem gemischten Publikum zu sprechen, dessen Interessen zwar tief und gründlich, aber sicherlich divergierend seien.

Viktoria hatte diese Verbeugung gegen die anwesenden Stadtpatrizier überhört. Jetzt erst nahm sie die Gerüche und das eigenartig unruhige Licht auf, wobei sie sich vorstellte, in welcher Tiefe ihrer Gehirnwindungen dieser Geruch von Alkohol und anderen Substanzen nun aufbewahrt sein könnte und sich in optische Erinnerungsbilder verwandeln müßte. In kindlicher Fabulierlust dachte sie sich, daß sie ein kleines Privatmuseum mit sich herumtrage, dessen Bilder aber die Eigenschaft hätten, sich wie in einem Mummenschanz in reale Bilder zurückzuverwandeln, denn der Geruch des Äthers zauberte das Bild des Gelehrten Schlosser herauf, den sie in der letzten halben Stunde fast vergessen hatte.

Eine Gruppe von Herren, die links neben der Gallschen Büste stand, schien Viktoria wie eine Ansammlung zeremoniöser Begleitpersonen, die man auf allen öffentlichen Empfängen sehen kann. Jetzt erst bemerkte sie, wie in dieser vorher nur einheitlich wahrgenommenen Gruppe eine Bewegung entstand: Schlosser, der in seinem Frack wie verkleidet wirkte, beugte sich zu einem seiner Kollegen und flüsterte etwas. Der Kollege wandte sich, ebenfalls flüsternd, an den Assistenten; der aber schüttelte den Kopf. Er schob gerade mit einigen Haltegabeln die Hemisphäre der linken Großhirnhälfte beiseite: ein Teil der Schädelbasis und das Ende des Hirnstammes wurden sichtbar. Sehr entschieden wies der Dozent auf den Balken und das zuunterst liegende und im Hinterhaupt verborgene Kleinhirn hin. Er zeigte auf das konvexe Gebilde das Sehhügels oder Thalamus und auf einen unter ihm liegenden Teil, den Hypothalamus.

»Diesem kommt die Aufgabe der Motorik zu, wie zum Beispiel Willkürbewegung und Aufrechterhaltung des Muskeltonus«, sagte er. »So dient der Thalamus der Umschaltung und Kontrolle sämtlicher sensibler Bahnen, die aus der Um- und Innenwelt über das Rückenmark an den Thalamus herantreten und von hier aus in die Großhirnrinde gelangen. Aber der Thalamus stellt nicht nur eine Sammelstelle dar, sondern ist auch ein selbständiges Koordinationszentrum. Im Thalamus, diesem Vorzimmer der Großhirnrinde, werden Lust und Unlust, Schmerz und Angst ausgelöst und der Großhirnrinde zugeleitet. Im allgemeinen ist also das Großhirn in der Lage, diese Reize zu sondieren, zu ordnen und sie einem allgemeinen moralischen Prinzip zu unterstellen. Im vorliegenden Fall, bei dieser Verstorbenen, trat diese Steuerungsfunktion leider nicht ein oder ist durch Medikamentenmißbrauch außer Kraft gesetzt worden.«

Der Dozent schaute auf den Körper und wandte sich zugleich halb rückwärts zu der Gruppe von Herren.

»Ein trauriger Fall, meine Damen und Herren, eine Selbstmörderin, aber hier muß ich mich auch schon berichtigen, denn das ist das Problem, das wir nicht lösen können. Diese junge Frau, die alleine lebte, wurde eines Morgens tot in ihrem Zimmer gefunden. Die Gerichtsbehörden, die uns den Fall überwiesen, vermuteten zuerst einen Mord. Da aber keine Zeichen äußerer Gewaltanwendung sichtbar waren, mußten wir die Obduktion vornehmen. Wir konnten nur feststellen, daß es sich um einen unbeabsichtigten

Selbstmord handeln mußte, und deshalb konzentriere ich hier meine Untersuchungen auf den Thalamus und Hypothalamus. Diese Frau, ein wahres Opfer ihrer selbst, muß sich mit ihren Tabletten, möglicherweise Laudanum, zu Tode kuriert haben. Der Hypothalamus ist die Nahtstelle zwischen vegetativem und animalischem Nervensystem, die durch Neurosekrete wie Vasopressin und Oxytocin enge Wechselbeziehungen mit dem Hypophysenvorderlappen aufweist und für die Körpertemperatur, die Durchblutung, den Zuckerhaushalt, die Steuerung des Wach- und Schlafzustandes verantwortlich ist.«

Der Dozent betonte den letzten Satz und fuhr fort: »Bei den gerichtlichen Untersuchungen wurden auch die letzten Briefe und Tagebücher der Verstorbenen zu Rate gezogen. Darin beklagt sie sich über anhaltende Schlaflosigkeit, über Zustände, in denen sie von apokalyptischen Visionen geplagt wurde. Sie zeichnet minutiös in ihren Tagebüchern den Weltuntergang auf, und deshalb war es konsequent, den eigenen Untergang durch eine Überdosis Laudanum herbeizuführen. Wie weit das bei klarem Bewußtsein oder bei totaler physischer Erschöpfung stattfand, ist von meiner Seite aus nicht zu klären, sondern gehört der psychologischen Wissenschaft an.«

Der Dozent verbeugte sich gegen das Publikum, das mit langanhaltendem Beifall dankte. Viktoria sah zu Schlosser hinunter; er stand wie unbeweglich zwischen den Herren.

Nach dem Beifall legte der Assistent die Instrumente zusammen und deckte den Schädel mit dem Schädeldach zu. Der Kopf der Frau lag jetzt wieder in scheinbar unantastbarer Vollendung zwischen den Tüchern, und während die Lichter langsam ausgingen, deckte der Assistent auf einen Wink des Dozenten den vollkommen unzerstörten Körper der Frau auf. Diese Geste, vielleicht eine alte Tradition aus magischen Riten und Zauberkunststück, Zirkusprobe und Archeologenhandwerk, ließ den nackten Körper wie in einem Märtyrerschrein ruhen, wo nur kleine Verletzungen auf das erlittene Martyrium hindeuten.

Ein Gehilfe schob den fahrbaren Tisch mit der wieder zugedeckten Frau durch eine der hinteren Türen hinaus, während die Ränge erfüllt waren von den Geräuschen der Zuschauer, ihren Gesprächsfetzen, dem Rascheln der Kleider. Man war vom Theater gewohnt, seinen Platz in einer gewissen Ordnung zu verlassen; trotzdem hallte und schwirrte es noch lange fort wie in einem Bienenkorb.

Als sich Viktoria allein glaubte, folgte sie mit den Augen der Balustrade, die sich nach unten wand wie ein Strudel. Das Piedestal mit der Gallschen Büste stand im Mittelpunkt dieser Bewegung. Dahinter bemerkte Viktoria eine Unruhe: durch den halbdunklen Raum erkannte sie Schlosser, der die Büste behutsam vom Piedestal hob. Dann drehte er sich herum und trug wie ein Universitätsdiener die Büste hinaus. Viktoria mußte leise lachen, obwohl sie sich gleich erinnerte, daß der Gallsche Kopf ihm gehörte und sonst neben seinem Arbeitstisch stand.

Sie überließ sich der Stimmung der leeren Rotunde, und der Ort schien ihr ideal, denn sie konnte ihn mit wenigen Phantasierequisiten in einen Gerichtssaal verwandeln, in dem die Rollen des Anklägers, des Angeklagten und des Richters schnell und überraschend wechselten. Sie ließ Berthe, die Frau von Schlosser, vor das Tribunal treten, und

Schlosser trat als Ankläger aus der Tür, während sich Viktoria oben als Zuschauerin zurücklehnte.
Laut rief Schlosser in die Rotunde, und es klang wie damals in seinem Arbeitszimmer, als er mit seiner Frau stritt: »Du hast mir mit deiner Erbschaft zwar mein Studium und meine Universitätslaufbahn ermöglicht, aber warum soll ich dir meine Dankbarkeit in ewiger Unterwürfigkeit zeigen. Du schaltest in meinem Arbeitszimmer wie in der Küche, und wenn ich Gäste habe, zeigst du demonstrativ deine Mißbilligung.«
»Schöne Gäste sind das«, erwiderte Berthe, »sie brechen mit ihrer Egozentrik in eine ruhige Familie ein.«
»Du lebst in dem Wahn«, rief Schlosser, »daß wir eine ruhige Familie sind, oder du tust alles, damit Friede und Ruhe wie in einer Zwangsanstalt gewahrt werden.«
Viktoria trat an die Brüstung heran, die ihr als Zeugenstand diente, denn der Ankläger Schlosser hatte sich in den Angeklagten verwandelt. Sie sprach so leise vor sich hin, daß der imaginäre Richter um eine deutlichere Stimme bat.
»Der Universitätsdozent Schlosser«, sagte sie, »bekämpft zwar mit Recht die allzu engen Lebensvorstellungen seiner Frau. Sein letztes Ziel aber ist das ruhige Leben, das er scheinbar so entrüstet von sich weist: eine Gelehrtenstube, eine schnelle Karriere und ein wenig Aufruhr gegen den Zeitgeist, etwas Demokratie, viel Fachwissen und eine exzentrische Schriftstellerin als Herzensfreundin.«
Viktoria lehnte sich ins Dunkle zurück und murmelte wie in einem richterlichen Ritual: »Die Anklägerin kann sich setzen. Sie ist subjektiv vorbelastet, schwankenden Stimmungen unterworfen und taugt nicht als Zeugin.«
Sie blieb ruhig auf die Brüstung gestützt stehen; ihr Marionettentheater erlosch. Der Saal war jetzt ganz abgedunkelt.

Langsam tastete sie sich an der Wand entlang Stufe für Stufe abwärts, bis sie an einen Stuhl stieß, der gegen die offene Tür polterte. Das Licht vom Flur fiel wie ein Fallgitter auf den Boden und blendete sie, als sie hinaustrat. In einem unbedachten Entschluß stürzte sie hinunter zum Ausgang, der geschlossen war: eine Angst, wie sie sie als Mädchen einmal erlebt hatte, als sie in der Schule eingeschlossen worden war, kam für einen Augenblick in ihr hoch. Dann amüsierte sie es eher, als ob sie die einzige Geladene bei einem Festbankett gewesen wäre, und sie ging zum entgegengesetzten Ende des Flurs, um einen Ausgang zu finden.
Sie rief laut: »Schlosser, wo bist du?«
Sie rief noch einmal; sie traute ihm zu, daß er, weil die unbotmäßige Schülerin nicht pünktlich zum Unterricht gekommen war, in seiner trockenen Gelehrtenwut sein Heim aufgesucht und sich an den geliebten und gehaßten Familientisch gesetzt hatte.
Suchend öffnete sie die Tür zu einem Zimmer, das mit Akten und Papierbündeln vollgestellt war. Eine der Akten zog sie aus dem Regal, band sie auf und fand, in den Lichtschein des Korridors tretend, einen Obduktionsbericht in Latein. Während sie das Konvolut ins Regal zurückstellte, sah sie an einem Schrank einen weißen Ärztemantel hängen. Einen Augenblick glaubte sie, daß es Schlossers Mantel sei, und stürzte voller Hoffnung zu einer Tür, die zwischen Regalen ins Zimmer nebenan führte. Als sie die Tür verschlossen fand, schlug sie wütend mit den Fäusten und Knien dagegen. Krampfhaft versuchte sie, sich zu beschwichtigen: Nur nicht um Hilfe rufen, nur nicht Schlosser eine Blöße geben.
Plötzlich schien es ihr absurd, daß sie von dem Mantel am Schrank auf Schlossers Anwesenheit geschlossen hatte. Sie

lief noch einige Male vor der verschlossenen Tür hin und her; als sie wieder auf dem Flur stand, glaubte sie, von weitem das Geräusch einer zuschlagenden Tür zu hören. Mehrere Male schrie sie kurz hintereinander: »Das Echo meiner Wut, das in diesen Räumen vereist ist.« Dann lief sie den Flur entlang und die Treppe hinauf und weiter kreuz und quer, und es schien ihr, daß sie des öfteren wie losgelöst von allem lauschte. Ihr Suchen nach einer Ausflucht war verzweifelter und aussichtsloser als vorher die Suche nach einem Menschen. Mit aller Kraft warf sie sich wieder gegen eine Tür, stürzte in einen dunklen Raum, stolperte weiter und fand sich in der Rotunde wieder. Als sie haltsuchend ihre Hände ausstreckte, berührte sie eine Balustrade, die den Weg versperrte; erschöpft ließ sie sich an einem Säulchen zu Boden gleiten. Ein Lichtschein, der wie ein Messer auf sie eindrang, blendete ihre Augen. Sie wurde von der Balustrade weggezerrt, konnte sich aber nicht wehren und hörte wie durch eine Wand Schlossers verschwommene Stimme: »Was hast du nur, so beruhige dich. Ich bin es, Schlosser.«
Viktoria nahm nur noch wahr, daß jemand mit ihr sprach und daß ihr die Stimme vertraut war. Schlosser imitierend, obwohl sie seinen Namen ganz bewußtlos aussprach, antwortete sie: »Nichts, Schlosser, es ist nichts.« Und wie um sich selbst Lügen zu strafen, fiel sie schluchzend aus dem Licht in die Dunkelheit, in Schlossers Arme, die sie umgriffen, als wolle er sie in eine Form pressen. Viktoria hämmerte mit den Fäusten auf seine Schultern; als sie seine Hand an ihrer Stirn spürte, drückte sie ihren Mund auf seinen Arm, damit Schlosser nicht merkte, daß sie so heftig weinte, als würden ihr Gefühl und ihre Stimme auseinandergetrieben von einem fremden Willen.

Endlich nahm Schlosser ihre Hände und ließ sich dazu hinreißen, fast bittend zu rufen: »Nun hör doch auf, du zerstörst dich. Was ist denn passiert? Nichts, als daß wir uns verfehlt haben, so wie wir uns verfehlen, seit du in Bonn bist. Warum sollten wir uns in einem so großen Gebäude nicht verfehlen!« rief er, und seine Heftigkeit legte sich wie ein neues Gewicht auf Viktorias Verzweiflung.
»Wir verfehlen uns«, rief sie, »und du bist schuld.«
Sie wollte ihm ihre Angst erklären, aber sie konnte die Sätze, die durch sie hindurchtaumelten, nicht mehr fassen. Sie küßte sich an seinem Hals fest, und es war ihr kaum noch möglich, über ihren Körper zu verfügen; eine heftige Bewegung ließ sie gegen die Balustrade fallen und mit Schlosser zu Boden gleiten. Viktoria stammelte in dieses Fallen hinein: »Diese Einsamkeit, dieses Gebäude, diese tote Frau.« Schlosser preßte seine Lippen auf ihre Stirn, ihre Augen und ihren Mund, damit sie verstummte und er seine Erregung in ihr ausklingen lassen konnte.

In der Frühe wachte sie auf und war, was bei ihr ungewöhnlich war, sofort hellwach. Sie kleidete sich leise an, öffnete einen Vorhang, um etwas Licht hereinzulassen, und ordnete ihr Manuskript für den Empfang bei den Bachhausens, der für diesen Tag angesagt war.
Bevor sie ging, schaute sie auf das Bett, in dem Schlosser noch schlief. Das kalte Morgenlicht modellierte sein im Schlaf entspanntes Gesicht; er bewegte die Lippen, als habe er die Störung gehört und wolle ihr noch etwas sagen. Viktoria beugte sich über ihn, und als ob ihr Schatten ihn beunruhigen würde, blieb sein Mund verspannt und leicht

geöffnet. Sie sagte leise: »So sprich doch, damit ich dich höre.« Als sie endlich mit ihrer Schreibmappe in der Hand hinausging, nahm sie sein Schweigen mit auf den Weg.

Sie ging durch die noch leeren Straßen; trotz der zwei Tage in diesem Ort war ihr zumute, als stehe sie wieder auf dem Anlegeplatz, und Schlosser habe sie nicht abgeholt. Sie fürchtete sich, in die schwarzen reflektierenden Fensterscheiben zu schauen, denn in diesen verschlossenen Häusern, dachte sie, könne nur die nachäffende Grimasse eines Kindes auf sie warten. Sie ließ sich treiben und ging einigen alten Frauen nach und stand bald vor dem Hauptportal des Münsters. Es ist eigenartig, dachte sie, daß die großen Portale der Kirchen und Paläste immer verschlossen sind und die Eintretenden sich wie Dienstboten durch die Seiteneingänge schleichen müssen.

Die schmale Tür, vor der sie stand, war gepolstert und dazu verdeckt von einem Vorhang. Es darf nichts von innen nach außen dringen, dachte sie weiter, die Zeit der geheimen Kulte ist wieder angebrochen, von denen die dicken Mauern und die kleinen, sich verjüngenden Fenster sprechen. Oder der Kult des nicht gelebten Lebens, fügte sie hinzu, als sie die wenigen Frauen sah, die wie verloren im Kirchenschiff saßen.

Viktoria suchte die Gesichter der betenden Frauen zu erforschen; sie konnte sich nicht vorstellen, daß diese Frauen für verborgene Verbrechen, für wilde Ausbrüche der Leidenschaft und des Hasses Abbitte tun mußten. Sie fragte sich, ob sie, wenn sie gläubig wäre wie diese Frauen, für ihre Leidenschaft Abbitte tun müsse und ob denn ihr Verhältnis mit Schlosser ein leidenschaftliches Suchen nach einem Ziel sei oder ob sie in einen Strudel hineingeraten seien wie tote Hölzer, die nebeneinander in einem Strom

schwimmen und im Malstrom, der sie in die Tiefe reißt, zu einem Gewirr verschlungen werden. Schlosser würde aus diesem Malstrom wieder auftauchen und im breiten Fluß seiner Familie weitertreiben und möglicherweise glauben, daß er der Lenker des Familienschiffes – wie seine Frau begeistert die vierköpfige Familie nannte – sei. Eigentlich, dachte Viktoria, müßte er hier sitzen und wie die alten Frauen Abbitte tun für sein leidenschaftsloses Leben, das nur hin und wieder durch einen Ausbruch ertragbar wird. Sie glaubte an ihm bemerkt zu haben, daß sich seine Arbeit in der Universität langsam zerrieb durch die eitlen Auseinandersetzungen mit den Kollegen.
Ein Küster kam aus der rechten Sakristeitür und ging an den Bänken entlang wie ein Lehrer, der seine dezimierte Schulklasse betrachtete. Nachdem er seinen Kerzenstab geholt hatte, forderte er die Frauen mit einer Handbewegung auf, zusammenzurücken. Eine Frau wechselte ihren Platz, die anderen blieben reglos sitzen.
Viktoria erinnerte sich, daß sie Schlosser und sich selbst gewarnt und von der gemeinsamen Zukunft gesprochen hatte, während er seine Antworten hinter einer leichtfertigen Geste verbarg und sie bat, nicht die gegenwärtigen und gemeinsamen Gefühle zu verraten. Sie hatten sich wieder die Lust gegeben, die die beiderseitige Heftigkeit ihnen schenkte, und jetzt in dem leeren Dunkel der Kirche wünschte sie sich, daß sich diese Lust fortsetzen könnte. Am liebsten hätte sie alle Frauen in der Kirche zusammengerufen und aufgefordert, sich zu einem Klumpen zusammenzuschließen, zu einem Tier mit vielen Gliedern, das die Verzweiflung nur dumpf fühlen kann.
Dann aber fragte sie sich, ob Schlosser jetzt vielleicht suchend durch die noch ruhige Stadt ging, durch die Fenster

schaute und versucht wäre, an die Türen zu klopfen, um sie aus einem zufälligen Versteck herauszuholen. Oder er geht ein letztes Mal durch die Wohnung des Freundes, in der sie die Nacht verbracht hatten, und zieht wenig später vor der eigenen Haustür die Schlüssel aus der Tasche. Beim Frühstück wird er seiner Frau etwas von langen Sitzungen und Verpflichtungen dem befreundeten Dozenten gegenüber erzählen und daß sie bis drei Uhr beim Medizinalrat Höffgen gewesen seien, der ihnen die Gästezimmer zur Verfügung gestellt habe. Seine Frau wird Schlosser die Geschichte nur zur Hälfte abnehmen und ihm eine Szene machen, und er wird sich in sein Zimmer einsperren und hörbar auf und ab gehen, bis das gemeinsame Mittagessen die Familieneintracht wieder herstellt.

Viktoria sagte etwas lauter, als es bei Gebeten üblich ist: »Schlosser, die Freiheit ist eine Geißel, die mich weitertreibt«, und trat sehr schnell, während der Priester in den Chor kam, nach draußen.

Über den Dächern zeichnete sich der helle Vormittag ab. Zelte und Stände wurden um die Kirche aufgebaut; das Leben, das auf diesem Platz durch die Jahrhunderte gleich geblieben war, klopfte wieder an den Kirchenmauern an. Als es auf den Straßen zu lebhaft wurde, ging Viktoria in den Schloßgarten nahe des Rheins. Den ganzen Tag saß sie dort auf einer schattigen Bank, an der die Studenten vorübereilten. Es wurde ihr nicht langweilig, und erst, nachdem sie sich Kuchen und etwas Obst gekauft hatte, nahm sie ihr Manuskript und korrigierte noch einmal, was sie bei den Bachhausens lesen wollte.

Gegen Abend hielt sie auf der Rheinstraße eine Kutsche an. Der Kutscher wußte wie auf ein Kodewort Bescheid, als sie den Namen Bachhausen nannte. Nach einer Viertelstunde fuhr er vor dem Parktor der Patriziervilla vor, die zwischen Wiesen und Bäumen eingebettet lag, so daß man den nahen Fluß zwar ahnen, aber nicht sehen konnte.
Viktoria ging die breite Allee hinauf, die zur Villa führte. Vor einem kreisförmigen Wasserbecken blieb sie stehen. Das ruhige Wasser spiegelte die strengen Linien eines ionischen Säulenportikus; rechts von der weit ausgreifenden Treppe standen die Kutschen und Pferde der Gäste. Oben öffnete sich ein kleines, hell erleuchtetes Atrium, in dem ein Diener die Gäste empfing. Nachdem Viktoria ihren Namen genannt hatte, rief ihn der Diener laut nach hinten in einen kleinen Seitenraum. Dort wurde der Name wiederholt. Nach einer Weile kam er wie ein Echo zurück, und der Diener gab den Weg frei.
An der Garderobe warteten drei Bedienstete. Sie taten erstaunt, als Viktoria andeutete, daß sie nichts abzugeben habe. Der Ältere von ihnen, der vielleicht Mitleid hatte, zeigte auf ihre Schreibmappe und konnte sich Viktorias Auflachen nicht erklären. In diesem Augenblick wurde aus dem Atrium ein Hofrat Mannheim angekündigt. Als ihn das Echo bestätigt hatte, ging er zur Garderobe und überließ Zylinder und Mantel den Bediensteten. Dann wurde die große Tür zum Festsaal geöffnet. Da es für den Hofrat so aussah, als habe Viktoria noch an der Garderobe zu tun, trat er vor ihr ein. Ein Festordner empfing ihn und rief: »Die Schriftstellerin Viktoria Vogner!« Er musterte starr den älteren Herrn und verbesserte sich hastig: »Der Schriftsteller Vogner!« Über diese Zumutung war der Hofrat so empört, daß er die erste Beleidigung, den Geschlechtswech-

sel, vergaß. Er erinnerte sich an seine Militärzeit und daran, wie man Untergebene möglichst schnell von ihren Irrtümern befreit, und stieß nach einer knappen Verbeugung hervor: »Mannheim, Hofrat Mannheim!« Der Festordner verbeugte sich tiefer als der Hofrat und antwortete unsinnigerweise: »Selbstverständlich!«
Viktoria blieb in der großen Tür stehen und überschaute einen Augenblick den Festsaal, der das Zentrum der Villa bildete. Die Zimmer waren nach italienischem Vorbild um das Zentrum herum angelegt; die Gäste konnten sich nach Gruppierungen und Interessen in den Zimmern treffen, bis sie von der Gastgeberin wie unabsichtlich unter dem großen muranischen Glasleuchter im Saal zu einer Dichterlesung oder Musikvorführung zusammengerufen wurden.
Während Viktoria noch zum Deckengemälde aufsah, trat jemand von der Seite auf sie zu. Es war Engert, der ihr die Hand reichte.
»Du bist ja wieder im Lande«, sagte er, »ich dachte, du bist noch in Münster. Von Georg habe ich gehört, daß du in Münster warst. Deshalb habe ich nicht damit gerechnet, dich hier zu treffen.«
Joseph Engert, ein Bekannter aus Kölner Tagen, sprach unter vier Augen seine Ansichten und Wünsche immer offen aus; es entschädigte ihn dafür, daß er sich in seinen Zeitungsartikeln nach der jeweiligen Tagesmeinung richten mußte. Er hatte ein vollkommen aussichtsloses Verhältnis zur Gastgeberin hinter sich: als er in den glänzenden Salon der Bachhausens eingeführt wurde, glaubte er, daß er ein leichtes Spiel haben würde. Die Frau, die diesen Salon beherrschte, war nicht nur sehr viel jünger als ihr Gatte, förderte nicht nur die Künstler, sondern war auch als Übersetzerin aus dem Französischen tätig, während ihr

Gatte, der alte Bachhausen, wie ihn alle nannten, das Leben in seinem Bankhaus verbrachte und im Salon seine Nebenrolle herausstrich, um seine Gattin noch blendender erscheinen zu lassen. Obwohl Engert damals abgewiesen worden war, trug er immer noch die Vorstellung mit sich herum, daß ihm der Posten des Reisebegleiters nach Italien zustehe und nicht Viktoria.

»Ich habe die Wohnung in Köln aufgegeben«, sagte diese, »und bin heute Abend hier, um mit Frau Bachhausen die endgültigen Reisevorbereitungen zu besprechen.«

Engert trat einen Schritt zurück, als wolle er sich verabschieden; dann winkte er einem Diener, der ein Tablett mit Gläsern präsentierte.

»Das ist ja wunderbar«, sagte Engert enthusiastisch und reichte Viktoria ein Glas Sekt. »Italien! Welche heroische Vergangenheit und was für eine breite volkstümliche Erhebung, die der Väter würdig ist.«

»Du meinst Cavour«, fragte Viktoria.

»Sehr richtig«, sagte Engert, »und Florenz ist nun Gott sei Dank die Hauptstadt Italiens. Stell dir vor: die Stadt Dantes.«

»Für dich müßte doch Garibaldi der Held des Tages sein.«

Engert nickte heftig, winkte aber zugleich ab: »Der geht übers Ziel hinaus. Zuviel Heldentum und zu wenig Diplomatie. Das Volk braucht Helden, aber die Geschichte wird auch von der Diplomatie bestimmt. Die alte Freundschaft zwischen Italien und Deutschland wird sich erneuern.«

Die meisten Gäste waren jetzt im Saal versammelt, standen redend in kleinen oder größeren Gruppen herum, lösten sich nach der geheimen Regie der Gastgeberin wieder auf und bildeten an anderer Stelle einen neuen Kreis, der sich entweder gegen den Saal abschloß oder in die Seitenzimmer verlief. Einige Unentwegte spielten Billard im Billardzimmer, als seien sie dafür angestellt, und die neu Eintretenden suchten ihre halb vergessenen Kenntnisse hervorzuholen und gaben sich mit gerunzelter Stirn und kritisch wippendem Fuß als Kenner.

Im Durchgang zum Lesezimmer trafen Viktoria und Engert auf Ida Dorin. Die junge blonde Frau, die ein Buch unter dem Arm trug, schien erhitzt, und einen Augenblick sah es so aus, als wolle sie beide umarmen; es reichte aber nur für Viktoria. Mit einem Seitenblick auf Engert sagte Ida: »Uns Frauen kannst du nicht trennen.«

»Ich wußte nicht, daß ihr so eng befreundet seid«, sagte Engert verdutzt.

»Doch doch«, erwiderte Ida, und wie zur Bestätigung zog sie Viktoria ins Lesezimmer.

»Man hört so viel von dir, Viktoria. Du bist das verhätschelte Musenkind unserer Gastgeberin geworden, denn den Vorzugsposten des Reisebegleiters hatte sich jeder von uns eingeräumt. Woran arbeitest du im Augenblick? Mein neuer Roman erscheint in einem Monat. Ich muß den Kern meines Lebens einkreisen, ich bin ihm ausgewichen, aber das machen wir ja alle. Denn sonst könnten wir hier nicht herumstehen und die Probleme vor uns herschieben. Arbeitest du nicht an einer ›Laura Ferri‹, die sich vor der Inquisition selber anklagt und später in Rom als Wahnsinnige eingekerkert wird?«

Ida schaute Viktoria an, als habe sie in einem Gemüseladen ein Pfund Zwiebeln verlangt und der Verkäufer habe geantwortet, daß er das Gewünschte nicht aushändigen könne, da er Napoleon sei.

»Ich zählte dich immer zu den Gegenwartsautorinnen und

nicht zu den Romantikern, die in einer wüsten Vergangenheit stöbern.«

»Für dich sind die Romantiker wohl brave Ehemänner, die mit der Haushaltskasse zur Geliebten durchgebrannt sind.«

Ida Dorin war von dieser unliterarischen Antwort überrascht. Ehe sie antworten konnte, wies Viktoria mit einer eigenartig ausgelassenen Gebärde auf den Kronleuchter: »Das ist das wahre delphische Orakel der literarischen Gegenwart, dieser glänzende Kronleuchter. Liebe Ida, wir dagegen brauchen nur unser bescheidenes Kerzlein anzuzünden, und sofort wird es ein prächtiges Festlicht sein, das diesen Salon erhellt und seine Gesellschaft ins rechte Licht rückt. Hin und wieder werden in jeder Saison einige Glasfacetten ausgewechselt, man kann sie auch historische Novelle oder Gegenwartsroman nennen, auch Poesie oder Tagesprosa, aber wir müssen uns immer bewußt machen, daß unsere Tagesmeinungen, die meistens ein willkürliches Modeprodukt sind, weder unsere Erkenntnis vertiefen noch uns inspirieren können.«

»Meinetwegen«, antwortete Ida, »aber ist deine Laura-Geschichte nicht trotzdem eine Flucht vor den Verpflichtungen des Tages, denen gerade wir Frauen uns bis jetzt immer entzogen haben? Wir dürfen die Gegenwart und vor allen Dingen die Zukunft nicht mehr den Männern allein überlassen. Und ist es nicht gerade die Gefahr bei einer historischen Erzählung, daß sie den modernen Leser nicht erreicht? Ich stelle mir eine Literatur vor, die man erwirbt und benutzt wie einen Gebrauchsgegenstand, mit dem man besser leben kann. Heute brauchen wir Dichter, die vor der Gegenwart keine Angst haben.«

»Um sich unbekümmert von ihr feiern zu lassen«, fügte

Viktoria hinzu. »Die scheinbar so menschenfreundliche Hinwendung zum Zeitgenossen verstümmelt den Schreibenden zum Wortlieferanten, der wie die Dienerschaft angehalten wird, die Hintertreppe zu benutzen. Wenn sein Produkt der Mode nicht mehr entspricht, wird es weggeworfen, und den Dichter kann man gleich hinterherwerfen.«

Inzwischen waren die Gäste aufgefordert worden, dem Violinspiel eines jungen Virtuosen in einem der Seitenräume zu lauschen. »Entschuldige«, sagte Ida, »aber ich bin mit dem Künstler befreundet.«

Viktoria, die ihr noch etwas nachrufen wollte, merkte erst jetzt, daß sich der Saal geleert hatte. In einem Schwächeanfall mußte sie sich an der Wand festhalten. Leise und dann wieder aufschwellend schwebten die Töne bis zur bemalten Decke; in die letzten Akkorde fiel plump der Beifall ein. In Viktorias Phantasie vervielfachte er sich geisterhaft: »Er wird auf diesen Wänden ausgeschwitzt wie in feuchten Gewölben der Salpeter«, sagte sie halblaut vor sich hin, als wolle sie mit einer Sprechübung ihre zitternden Lippen unter Kontrolle bringen. »Wenn ich hier Wache halten müßte, vor diesem prächtigen Saal, dann sähe das Publikum anders aus.«

»Würden Sie mich denn hereinlassen?« fragte Sybilla Bachhausen, die plötzlich im Türrahmen stand. »Ich habe Sie überall gesucht.«

Viktoria antwortete ruhig, als setze sie ihr Selbstgespräch fort: »Ich bin Ihr standhafter Zinnsoldat.«

»Das sollen Sie aber nicht sein«, sagte die Gastgeberin. »Ich akzeptiere Sie nur als Begleiterin, und jetzt hätte ich Ihnen gern Ihren Vertrag gezeigt.«

Viktoria folgte Sybilla Bachhausen durch die Zimmerfluch-

ten; in den hinteren Kabinetten saßen, in Sesseln versunken, einige Herren, die ein Glas in der Hand hielten und sich durch ihren müden, zurückhaltenden Gruß als Weltleute auswiesen. Die letzten Zimmer waren leer. Eine Polstertür, die die Festgeräusche abhielt, führte in den Arbeitsraum der Gastgeberin.
Kostbare Bücher umzogen die Wände, die dunklen Möbel fingen das Licht sanft auf und gaben es wie ein alter Spiegel nicht wieder, Schreibfedern in Elfenbeinhaltern standen auf einem Tisch, und die Gastgeberin war noch liebenswürdiger als früher. Alles das vermittelte Viktoria ein Wohlgefühl; zugleich wußte sie, daß diese Leichtigkeit, diese Selbstverständlichkeit im Umgang mit anderen an dieses Haus gebunden waren, an andere, ähnliche Häuser, an die gut funktionierende Bankdiplomatie Bachhausens.
Sybilla Bachhausen legte Viktoria den Vertrag vor, in dem die Arbeitsbedingungen und das Honorar verzeichnet waren.
»In Florenz werde ich meinen Mann vertreten«, sagte sie, »Sie verstehen schon, die Eisenbahnen. Nach den Erfahrungen, die unser Bankhaus und unsere Aktiengesellschaften mit der rheinischen Eisenbahn gemacht haben, ist die italienische Regierung an einer Zusammenarbeit interessiert. Aber darüber hinaus werden Sie und ich genügend Zeit finden, uns den ersehnten Studien zu widmen.«
Viktoria hatte unterdessen den Vertrag unterschrieben. Mit einer zustimmenden Kopfbewegung nahm ihn Frau Bachhausen entgegen. »Wir werden uns also wie verabredet in Zürich sehen«, sagte sie. »Gehen Sie zur Villa Burgmann, dort treffen wir uns.« Sie setzte hinzu: »Sie lesen doch heute Abend? Und vergessen Sie nicht, Ihr Manuskript mit ins Reisegepäck zu nehmen. In Italien werden wir gemeinsam daran arbeiten.«

Die Abendkühle kündigte die Kälte der Nacht an. Die Büsche und Bäume waren zusammengeschmolzen zu Massen, die den Blick in einer sanften Schwingung zum Rhein hinunterleiteten. Die breiteren Wege des Parks trafen sich in einem kleinen Rundtempel; zwischen den Säulen hindurch warf das Wasser Reflexe, wenn es von einer Schiffslaterne angeleuchtet wurde. Da es sehr ruhig war im Park, konnte Viktoria die Festgeräusche im Haus, die Zurufe der Schiffsbesatzungen auf dem Rhein und hin und wieder ein Signalhorn hören. Die dampfenden Schornsteine einiger Schiffe glitten vorbei, die Dämmerung schien mit dem Nebel aus dem Boden zu steigen, während die fernen Kuppen des Siebengebirges sich als schwarze Ränder in den letzten lichten Streifen des Himmels eindrückten. Die Baumkronen ragten aus dem Nebelgrund wie schwarze Bögen, die auf der blauvioletten Dämmerung schwammen. Alles wurde träge und schwer, als seien die Bewegungen des Windes, des Nebels, des Wassers nur ein Wunschbild gewesen.

Diese Dämmerung war kein sanftes Erlöschen: die Wolkenränder waren gezackt wie die Schwerter der Inquisition. Diesen ersten Satz, mit dem Viktoria beginnen wollte, hatte sie sich immer wieder leise vorgesagt. Als sie auf dem Podium im Saal stand und den Satz laut wiederholte, hatte sie das Gefühl, daß er keine gute Einleitung sei in die Geschichte, die die Müßigen hier von ihr erwarteten. Die Lichter waren fast alle gelöscht worden; zwei Kerzen beleuchteten das Lesepult. Stockend fuhr Viktoria fort: Laura hatte Rast und Aufnahme im Konvent von San Catarina gefunden auf einem Hügel über Rom. Sie schaute

auf die dämmernden Fluten des Tiber, die das ganze Tal ausfüllten und nur die Kuppeln der Kirchen und die Dächer der Paläste übrig ließen. Von Florenz war sie nach Rom und von Rom nach Neapel geflohen, vorbei an brennenden Scheiterhaufen, die eine neue Herrlichkeit versprachen, hatte Rast unter den Kirchenkuppeln gesucht, die diese neue Herrlichkeit in Marmor bildeten: in Farben, die zur Spitze hin, in der sich menschliches und göttliches Wesen vereinten, gold verdämmerten. Das Licht des noch glühenden Tages und die schwermütige Dämmerung fielen durch die offenen Kuppeln, und Laura stellte sich über dem Tibertal eine riesige Öffnung vor, durch die gepanzerte Cherubinen das Blut der Heiligen und Märtyrer auf die Stadt schütteten. Sie starben für ein neues Jerusalem, das ein Ebenbild des himmlischen sein sollte. Auch Rom war einmal ein himmlisches Jerusalem gewesen. Laura wiederholte sich diesen Satz, als müsse sie wie ein Rhetoriklehrer Schülern beibringen, daß eine Wahrheit nur wirksam ist, wenn sie gut formuliert und immer wiederholt wird.
Sie hatte Aufnahme bei den Nonnen gefunden und schaute an den Abenden auf die Stadt, um Abschied zu nehmen. Ihre Reisen seien zu Ende, das sagte sie immer wieder zu dem besorgten Beichtvater, der sie in der kühlen Kirche von ihren Sünden freisprach. Doch in geheimen Selbstvorwürfen und ausufernden Kasteiungen, die die Nonnen erschreckten, klagte sie sich immer wieder an. Die subtilsten, kaum noch verständlichen Zweifel quälten sie ebenso wie leidenschaftliche Vergehen, die auch eine Blumenverkäuferin hätte begreifen können.
Endlich, nach langer Wartezeit, wurde Laura an einem blauen Maitag vor ihre Richter gerufen; ihre Stimme klang wie ein Choral in ihr nach:

Ich klage mich an, daß meine Verse, gedacht und geschrieben in immer wiederkehrenden verzweifelten Nächten und Tagen, unter meinen Händen wie Wasser zerrinnen
daß ich meine Kompositionen endlos formuliere und immer wieder umstelle, während meine Zeit verfließt
daß ich mich vom Leben abscheide, eine Mauer errichte zwischen mir und meinen Freunden
daß mich der Hochmut quält, der den Alchimisten anspornt, aus Schlamm Gold zu machen
daß ich die Augen nicht niederschlage vor der Sonne, sondern den Gang des Sonnenwagens verfolge, obwohl ich weiß, daß Phaetons Fall unwiderruflich ist
daß meine Heldinnen ringen, wie es nur dem Mann gestattet ist, obwohl es doch angemessener wäre, meine weiblichen Geschöpfe mit dem Alltäglichen zu befreunden, damit sie in ihrer vorgeschriebenen Bahn bleiben.
Der Wink eines roten Handschuhs unterbrach das ekstatische Schuldbekenntnis. In ihrer Erregung hielt Laura ihn für eine Aufmunterung, weiterzusprechen, sich der Geißel der Selbstbezichtigung zu beugen. Während sie sich anklagte, die antiken Statuen über Gebühr zu lieben und zugleich zu wissen, daß einer Marktfrau, einem Maurer eine mit Glitzerkleidern behängte Puppe mehr bedeute als alle antiken Götter aus Stein, hob der Kardinal noch einmal die Hand und winkte wieder. Laura bemerkte nicht, daß es eine Geste der Übermüdung war und des Überdrusses, denn mit derselben Geste wurden die antiken Statuen bezahlt und weiterverkauft; sie überhörte eine Zwischenfrage und wollte sich nicht mehr zurückhalten, wollte ihre Seele wie vor dem gepanzerten Seelenwäger ausbreiten: Ich klage mich an! schrie sie, und es schien kaum gehört zu werden. Dann, da sie wußte, daß diese Sünde die Waagschale nach unten

drücken würde, flüsterte sie: Ich klage mich an, daß ich die Liebe verraten habe und daß ich geflohen bin aus der Umarmung.

Steif und erstarrt wartete sie auf eine Antwort. Ihre Worte waren endgültig geworden; erschöpft fragte sie, ob sie sich setzen könne. Ein Stuhl wurde gebracht, und dann trug auf einen Wink des Vorsitzenden der Gerichtsdiener eine kleine Muse aus Stein herein und zerschlug sie vor Lauras Augen. Sie empfand Genugtuung über ihren Schmerz. Als sie den Vorsitzenden etwas fragen wollte, hatte sich das Kollegium schon in eine Ecke des Saales zur Beratung zurückgezogen. Alle steckten die Köpfe zusammen; aus der dunklen Masse sah Laura heftige Gesten auffahren, wie sie es aus den Klösterhöfen kannte. Dann kehrte das Kollegium zurück. Der Kardinal, der bis jetzt geschwiegen hatte, wollte das Urteil verkünden: er bewegte seinen Mund, aber die Worte schienen Laura nicht zu erreichen. Sie sah die zusammengekniffenen Augen des Kardinals, den Mund, der wie im Schmerz verzogen war, die Oberlippe hob sich wieder, und aus den Augenwinkeln traten Tränen. Der Kardinal öffnete die Augen, seine Lippen bewegten sich jetzt auf und nieder, und dann konnte er ein dröhnendes Gelächter nicht mehr zurückhalten. Tränen liefen in seinen offenen Mund, und die Jesuiten stimmten befreit in das Lachen ein.

Als Laura dieses Lachen hörte, wußte sie, daß es das Urteil war und eine Begründung nicht mehr folgen würde. Der Gerichtsdiener führte sie hinaus; noch hinter der schweren Tür hörte sie das Gelächter. Im Hoftor gab ihr der Büttel einen Stoß, damit sie sich endgültig aus dem Gebiet der Kurie entferne; dann schloß sich das Tor dröhnend.

Beifall beendete die Lesung. Viktoria blieb unschlüssig auf dem Podium stehen, während die Mitglieder eines kleinen Orchesters von hinten an sie herantraten und sie baten, ihren Platz zu räumen. Ehe sie diese Situation überschaut hatte, war sie von Musikern umgeben, die ihre Instrumente stimmen wollten. Hastig stieg sie vom Podium und ging an den sich zerstreuenden Zuhörern vorbei zur Terrassentür.
Vor der Tür standen Ida Dorin und Joseph Engert. Ida hatte gerötete Augen und sagte: »Engert meint, daß deine ›Laura‹ besser sei als alles, was ich geschrieben habe.«
»Wohin gehst du denn?« fragte Engert und hielt mit großem Schwung einen Flügel der Tür auf, als Viktoria wortlos vorbeiging. »Wir wollten doch noch diskutieren.«
Sie mußte um das Haus herumgehen, und ein Diener wies ihr mit einem Licht den Weg. Die Dunkelheit hatte alles bedeckt. Viktoria spürte die Nachtkühle auf ihrer Haut, die ihr von der Anstrengung des Lesens heiß und gerötet schien. Sie fuhr mit dem Handrücken über die Augen: das Gesicht war so kalt wie ihre Hand. Die Kutsche, die ihr Sybilla Bachhausen für die Rückfahrt angeboten hatte, ließ auf sich warten; langsam ging Viktoria unter den Bäumen der Allee den Weg hinab, den sie gekommen war. Als sie hinter sich einen Wagen hörte, stellte sie sich in kindlicher Hoffnung vor, Schlosser sei zu ihrer Lesung gekommen und habe sie gesucht. Sie drehte sich um. Die Kutsche hielt neben ihr, im Inneren polterte es, der Wagenschlag wurde geöffnet. Aus dem Dunkeln hörte sie Georgs Stimme: »Wir treffen uns immer an dunklen Orten. Ich habe dich gesucht, Viktoria, denn ich bin sehr spät gekommen.«
»Aber du kommst doch immer zu spät, wenn es um literarische Veranstaltungen geht«, rief Engert und steckte seinen Kopf aus dem Wagen.

»Steig ein«, sagte Georg, »wenn du zu Fuß gehst, bist du nicht vor Mitternacht am Stadttor.«
»Deine Kutsche kommt noch lange nicht, sie war für später bestellt«, sagte Engert.
»Warum bist du denn davongelaufen?« fragte Georg. »Alle wollten mit dir über deine ›Laura‹ sprechen.«
»Setz dich doch zu uns«, sagte Engert. »Zwei dunkel aussehende Gestalten und eine schöne Dame, das sieht nach nächtlicher Entführung aus. Gott sei Dank«, fügte er hinzu und rückte beiseite, damit Viktoria Platz nehmen konnte, »ist mir ein so schöner Rittertraum nicht zu Ida Dorin eingefallen. Nach dem ersten Liebesüberschwang hätte sie mit hausfraulichem Eifer angefangen zu schreiben, sie hätte geschrieben und geschrieben, bis meine letzte gestärkte Manschette voll gewesen wäre.«
Nach kurzer Fahrt hielt die Kutsche am Stadttor an. Eine Stadtwache öffnete den Wagenschlag und fragte nach den Pässen. Engert, der den Mann kannte, empfand diese Frage als Beleidigung. Er redete ihn mit Namen an und gab sich erstaunt darüber, daß er überhaupt gefragt worden war. Der Beamte tat so, als habe er Engert gerade erst erkannt. Dann gab er den Weg frei, und während die Kutsche anfuhr, konnte Viktoria ihre Erschöpfung nicht mehr verbergen.
»Wo kann ich dich hinbringen?« fragte Georg.
Als Viktoria die Riedgasse genannt hatte, setzte sich Engert auf, als habe er ein Kodewort gehört.
»Riedgasse vier?« fragte er. »Das ist doch die Wohnung von Rickert.«
Viktoria antwortete wütend: »Den kenne ich nicht, ein Freund hat mir die Wohnung überlassen.«
»Ich als Polizeipräsident«, sagte Engert und machte eine Verbeugung, die komisch wirken sollte, »muß die Dame

noch einmal fragen: der Name Ihres Bekannten ist also Schlosser?«
Viktoria erwiderte kurz und aggressiv: »Ja!«
»Dann«, sagte Engert und lehnte sich wie nach einem wirklichen Verhör befriedigt zurück, »ist meine Vermutung bestätigt. Dein Bekannter Schlosser hat auch bei mir nach einer freien Wohnung gefragt, und ich habe ihn an Rickert verwiesen.«
Bei diesen Worten hielt die Kutsche schon am Münsterplatz, in dessen Nähe Engert wohnte. Während er ausstieg, sagte er noch: »Bei den Universitätsdozenten steht ja immer ein großer Bedarf an leeren Wohnungen an.«
Viktoria riß die Wagentür noch einmal auf, als wolle sie Engert etwas nachrufen; dann schlug sie die Tür mit einem heftigen Knall wieder zu. Der Kutscher beugte sich vom Bock und fragte durchs Fenster, ob sie aussteigen wolle. Georg antwortete, er möge in die Riedgasse fahren.
Die Kutsche bog in eine Allee ein, in der man zwischen den Bäumen das Wasser des Rheins blinken sah. Die Fluten waren nun nicht mehr gesprenkelt mit den unzähligen Reflexen, die auf dem Wasser tanzten wie an dem Abend, als sie in Bonn angekommen war; jetzt schien ihr der Fluß träge, nachtschwer, als nehme er alle Hoffnungen mit sich fort. Sie sah schon von weitem die Riedgasse, und Georg begleitete sie dort mit derselben Selbstverständlichkeit, mit der er den Kutscher bezahlt hatte, zur Haustür. Während sie den Schlüssel in der Hand hielt, zögerte sie und schaute dem Wagen nach, der zwischen den Bäumen verschwand.
»Wir müssen doch noch einmal miteinander sprechen«, sagte Georg.
In diesem Augenblick fiel der Schlüssel klirrend auf die Treppe. Beide bückten sich, und als ihre Köpfe auf gleicher

Höhe waren, sagte Viktoria, die den Schlüssel aufgehoben hatte: »Es gibt zwischen uns nichts mehr zu besprechen.« Trotzdem folgte ihr Georg in den dunklen Flur. »Was willst du noch?« rief Viktoria. Er drängte sie an die Wand und wollte sie küssen. Ihr heftig stoßender Kopf drückte sein Gesicht an ihre Schulter; Georg schien ihr wie eine bewußtlos arbeitende Maschine, die auf sie einstampft: einmal preßte er das eine, dann das andere Knie in ihre Magengegend oder suchte einen Fuß zwischen ihre Füße zu stemmen. Viktoria fühlte sich wie ein Tier, das in eine ausweglose Falle geraten war und vor dem Ende noch einmal alle Kräfte anspannte. Als Georg strauchelte und mit der linken Hand ihren Hals umklammerte, schlug Viktoria, die von dieser Demütigung fast zerrissen wurde, mit beiden Händen auf ihn ein; dann wieder standen sie sich keuchend gegenüber, als wollten sie zu Kräften kommen, gingen aber wie auf geheime Verabredung noch einmal aufeinander los, als suchten sie Halt in einem Strudel, der sie immer weiter in die Tiefe riß. Es war wie ein Strudel, in dem sie herumgeschleudert wurden, und wie bewußtlos fand sich Viktoria an der Tür, neben dem Tisch wieder, auf dem ein metallener Leuchter stand; sie griff danach und warf ihn blindlings ins Dunkle.

Wie aus der Tiefe hörte sie Georg aufschreien und gegen die Wand poltern. Dann rutschte er langsam zu Boden. Viktoria war von ihrer eigenen Bewegung mitgerissen worden und fiel neben ihn auf die Dielen.

Sie hatte den Aufprall nicht gespürt. In namenloser Verwunderung richtete sie sich auf und kroch, als habe sie alle menschlichen Gewohnheiten verloren, um Georg herum. Er war ihr so fremd geworden, daß sie ruhig ihre rechte Handfläche auf sein weißes Gesicht legen konnte. Langsam,

während ihr Mund in furchtbarer Anspannung noch etwas zu erklären versuchte, preßte sie beide Hände auf das leblose Angesicht, als wolle sie in einer knetbaren Masse ihren Abdruck hinterlassen. »Treib doch, treib doch weiter!« rief sie und legte ihr ganzes Gewicht in die Hände, als sei der Abdruck noch unvollkommen oder als müsse sie ein immer wieder auftauchendes Treibholz in eine schmutzige Flut hinabdrücken.
An den Fingern fühlte sie etwas Feuchtes; sie wußte nicht, ob es Blut oder ihr Schweiß war. Sie wälzte den leblosen Körper durch den Flur, schloß die Tür auf und zerrte und rollte ihn in das Zimmer. Ihr Gesicht und die Hände wischte sie noch an der Bettdecke ab, ehe sie mit ihrer Schreibmappe und der Tasche das Haus verließ.

Später wußte sie nicht mehr, wie lange sie durch die Gassen und Straßen der Stadt gegangen war. Gegen Morgen hatte sie am Rhein gestanden und auf die verhangene Wasserfläche gesehen, hinter der sich am anderen Ufer das Gebirge auftürmte und in Nebelwolken verschwand; noch im Zug versuchte sie sich zu erinnern, aber sie konnte sich nicht konzentrieren. Sie kam sich vor wie eine kleine Zinnpuppe, die in der Spielzeugbahn, die der gütige alte Bachhausen seinen Aktionären zu Weihnachten geschenkt hatte, den Rhein entlangfuhr.
Ihr gegenüber saß mit seiner Tochter ein Vater, der eingenickt war. Das Kind fragte leise ins Abteil, wann endlich sie denn in Koblenz seien. Ein Bauer, der neben Viktoria saß, antwortete, das sei recht bald, und zählte alle noch kommenden Stationen auf. In Sindelheim, fügte er hinzu, wolle

er seine Tochter besuchen, die dort verheiratet sei. Als das Kind fragte, ob Sindelheim auch am Rhein liege, lachte der Alte und schüttelte über seine Unwissenheit den Kopf. Ob sie denn noch nie von Sindelheim gehört habe, fragte er, und nicht wisse, was das Schönste dort sei? »Das ist die Schiffschaukel«, flüsterte er fast beschwörend, »die größte Schiffschaukel am ganzen Rhein, und wenn du siehst, wie sie über die Dächer schwingt, glaubst du, daß sie größer ist als ganz Sindelheim.«

In einer scharfen Kurve sah Viktoria auf der offenen Plattform des nächsten Wagens zwei Herren, die ihr den Rücken zudrehten. Während sie miteinander sprachen, beugte sich der größere der Herren zu dem kleineren hinab. Für einen Augenblick glaubte sie, in dem großen fremden Mann Georg zu erkennen, und da der Zug gerade wieder hielt, lief sie, als wolle sie aussteigen, auf den Bahnsteig. Im Gewühl der Aus- und Einsteigenden war ihr, als erschienen die vertrauten hageren Züge in allen Fenstern.

Von den Reisenden, die in den Zug drängten, wurde Viktoria beiseitegestoßen; da sie steif und wie erstarrt dastand, wäre sie beinahe hingefallen. Plötzlich fiel ihr ein, daß sie ihre Tasche im Abteil gelassen hatte. An den Winkenden entlang versuchte sie, dem anfahrenden Zug ein Stück nachzulaufen, bis sie vor Erschöpfung einfach stehenblieb. Ihr Körper wurde schwerer und schwerer, bis sie ihre rechte Hand spürte, die sich in einer eigenartigen Leichtigkeit von der Schulter abhob. Viktoria schaute auf ihren Arm wie auf einen fremden Gegenstand und bemerkte in der Hand die Schreibmappe mit ihrem Manuskript darin: »Ich habe doch alles«, sagte sie laut und wollte vor Freude loslachen.

Erst auf dem Weg zum Bahnhofsgebäude las sie das Stationsschild: Sindelheim. Mit den Nachströmenden, die zur Kirmes wollten, trieb sie weiter, ohne begreifen zu können, wie sie auf diesen Bahnsteig gekommen war. Sie erinnerte sich an die Stimme des alten Bauern: »Die größte Schiffschaukel am ganzen Rhein«, und beruhigte sich nur langsam, denn mit ihrer Tasche hatte sie auch einen Teil ihres Geldes verloren. Auf einem Anschlag in der Halle las sie, daß erst am Nachmittag wieder ein Zug nach Koblenz gehe.

Schon auf dem Vorplatz des Bahnhofs war ein Zelt aufgebaut, in dem heißer Wein verkauft wurde. Die Besucher, die aus dem Bahnhof strömten, stimmten sich hier auf die zukünftigen Freuden ein. Viktoria folgte einer Straße, auf der ihr immer häufiger untergehakte und singende Gruppen entgegenkamen. Eine alte Frau neben ihr sagte: »Das sind die Luftschiffer, die alles schon von oben gesehen haben.« Viktoria hatte bald das Gefühl, alle Menschen aus diesem Ort, des ganzen Umkreises, hielten sich auf der Straße auf und die Häuser seien leer und ihre Wände dünn wie in einem Puppendorf, und das eigenartige Geräusch, das die Luft erfüllte, lasse gleich alles zusammenstürzen. Dieses Geräusch, ein dumpfes Aufstoßen und Wiederabschwingen, als pralle ein schwerer Vogel auf und taumele weiter, wurde begleitet von einem langsam beginnenden Aufseufzen wie aus vielen Kehlen, das in einem Aufschrei gipfelte.

Von den Bürgersteigen schoben sich immer mehr Zelte und Buden auf die Straße, nur ein schmaler Gehweg blieb übrig. Obwohl es noch Tag war, brannten schon Lampions, und zwischen einem Honigverkäufer und einer Bude, in der ein Mann aus einem Füllhorn Lose verkaufte, saß auf einer Matte eine muskulöse Frau im Trikot, die eine Eisenkette gespannt in den Händen hielt. Um sie herum hatte sich ein

Halbkreis gebildet; die Hintenstehenden wurden raunend davon unterrichtet, daß die Dame soeben die schwere Kette zerrissen habe.

Unerwartet öffnete sich dann der Marktplatz. An der Schmalseite ragten die steinernen Treppengiebel der Patrizierhäuser über die brodelnden Köpfe hinaus; die Uhr, die an der Rathauswand unter einem Ährenkranz die Zeit angab, schien für die Tage des Festes einen sinnlosen, weil unbeachteten Zeitraum zu durchmessen. Das Fest hatte seine eigene Gesetzmäßigkeit und Zeit. An der linken Seite des Platzes, vor den Häusern, die zwischen den Weinbergen hochkletterten, stand ein gedrungenes neueres Kirchenschiff. Das Dach sah aus wie das Teilstück einer Befestigungsanlage; der alte spitz aufragende Kirchturm dagegen stand noch mitten auf dem Marktplatz. Vielleicht war nach einem Brand das alte Schiff abgerissen worden, der Turm aber war an seinem Platz geblieben, und hinter ihm, den Raum des alten Kirchenschiffs einnehmend, war die Schiffschaukel aufgebaut. Um den Sockel drängten sich Schießstände, die mit meterhohen Pappfiguren lockten, Tribünen und riesige Fässer, aus denen der Wein floß. Der alte Kirchturm beherrschte wie eine Sonnenuhr den Platz und teilte mit seinem Schattenmaß die brodelnde Menge.

Plötzlich, als sei durch eine phantastische Beschwörung das längst vergangene Kirchenschiff auf dem Dach stehend in Bewegung geraten, tauchten halb hinter dem Turm der Bug und der Rumpf eines riesigen Schiffes auf. Dem Bug schwebte eine Gallionsfigur voran, ein geschnitzter Bacchus, der auf seinem Kopf einen riesigen Rebenkranz trug. Das Schiff holte rückwärts aus, und mit jedem neuen Auftauchen sah man die in den Rebenkranz eingeflochtenen feuerroten Buchstaben IL MONDO NUOVO. Seine Arme hatte der Bacchus wie zum Fluge ausgebreitet, und die dunkle Herbstsonne färbte seine Holzgrimasse rot, als rinne der Saft der Trauben über sein ekstatisches Lächeln. Im Rumpf, aus dessen Mitte ein Mast aufragte, saßen gedrängt die Reisenden. Ihr Rufen und Kreischen, die lustvollen Angstschreie verstummten auch nicht, als das Schiff, in mächtigen Tragebalken hängend, höher und höher gegen die Wolken schwang. Aus dem doppelten Zenit, aus den Sphären hoch über der Stadt kehrte es wie erschöpft zurück, wurde langsamer und schwang aus, bis es dumpf polternd über die Bremsklötze schleifte, als sei es auf ein Riff gelaufen. Der Mast zitterte noch, als das Schiff endlich stillstand.

Dann wurde die Reling geöffnet, die Luftreisenden stiegen aus. Viele waren bleich, einige zahlten noch einmal, und die neu Hinzudrängenden suchten sich Plätze wie für eine weite Reise aus. Ein Schützenverein auf den thronartig erhöhten Sitzen des Hinterdecks entrollte an den Bordseiten Fahnen und Girlanden; ein Vater setzte seine Töchter, denen er das Vergnügen nicht ausschlagen wollte, zwischen die mächtigen Leiber der Männer. Während die Reling wieder geschlossen wurde, schwangen sich noch Studenten, die die Mützen verkehrt herum aufgesetzt hatten, an Bord. Sie drängten sich zum Schiffsmast durch, und unter Zurufen und Gelächter wurde ein hagerer Kommilitone an den Mast gefesselt.

Die flatternden Fahnen, die Girlanden an den Bordseiten verwandelten die neue Fahrt in einen endgültigen Triumph. Der größte Teil des Marktplatzes lag jetzt fast leer; die Menge drängte sich an den Gittern um den Sockel und starrte zu dem Schiff empor, als handele es sich um ein beglaubigtes und lange vorher in den Zeitungen angekündigtes Wunder, das pünktlich eingetroffen war und an dem jeder für ein paar Groschen teilnehmen konnte. Als das Schiff aufschwang, stimmten die Schützen endlich an: »Nur im Felde, da ist der Mann noch was wert, da wird sein Herz noch gewogen«, und obwohl diese Weisheit schon in den Schulen gelehrt wurde, war sie hier mitreißender und überzeugender, denn das Wunderschiff ließ sie glaubwürdig erscheinen. Die Studenten, die die Schützen noch übertrumpfen wollten, scharten sich um den gefesselten Kommilitonen, den sie immer wieder Odysseus riefen, und aus der Höhe hörte man unten »Deutschland Deutschland über alles«. Das Schiff tauchte in das Häusermeer und in das Gebrodel der Menge wieder ein, und die dunkle Silhouette des Bacchus strich über den Marktplatz.

Die Schützen und Studenten blieben sitzen, als das Schiff stillstand und die meisten Reisenden ausstiegen. Viktoria wurde von den Nachdrängenden die Treppe zur Kasse hinaufgeschoben, und während sie noch zögerte, wurde sie vom Kassierer angefahren: »Wollen Sie nun mit? Wir brauchen auf Kundschaft nicht zu warten.« Dieser triumphierende Zusatz stimmte ihn versöhnlicher. Als er ihr Geld nachgezählt hatte, ahmte er ihr Zögern ein wenig mitleidig nach und sagte: »Eigentlich nicht, nein, ich möchte nicht fahren.« Es schien ihm so komisch, daß er sich noch wiederholte, während er die nächsten Fahrkarten verkaufte.

Auf dem Schiff wurde Viktoria in die Mitte auf eine Bank neben den Mast gedrängt. Die Bewegung des Aufsteigens nahm sie erst wahr, als das Schiff fast die Höhe des Kirchturmes erreicht hatte. Der Boden schien unter ihr wegzugleiten, während sie sich bemühte, die Füße standfest zu halten; die Seile vor den Sitzbänken strafften sich unter dem Zug der Sichanklammernden. Ein bärtiger Winzer wurde übermütig und setzte dem Studenten am Mast einen Damenhut auf, den er einer der Töchter weggehascht hatte. In das Geknatter der Fahnen und die vaterländischen Gesänge schrie er: »Da habt ihr eure Freiheit!« und Viktoria, die beim Rückwärtsschwingen nach vorne gedrückt wurde, mußte sich zwingen, nicht mitzuschreien.

Der Student, der immer noch an den Mast gebunden war, schwankte in seinen Fesseln hin und her. Als er bat, man möge ihn befreien, das Spiel sei seiner Meinung nach zu Ende, antworteten seine Kommilitonen laut lachend, daß auch Odysseus erst befreit worden sei, nachdem er Skylla und Charybdis durchfahren habe und die Inseln der Glückseligen am Horizont aufgetaucht seien. Einer zeigte auf Viktoria und rief: »Du Narr, siehst du nicht, hier steht schon wieder eine Sirene!«

Der Gefesselte schloß die Augen und ließ den Kopf hängen, bis ihm der Damenhut von der Mütze fiel. Als wollten sie ihn an seine vaterländische Pflicht erinnern, sangen die Studenten, während das Schiff in den Himmel aufschwang: »Von der Maas bis an die Memel, von der Etsch bis an den Belt.« Dann im steilen Abwärtsschwung sackte der Gefesselte in sich zusammen; Viktoria schien er wie ein Füsilierter, der nach den tödlichen Kugeln den nun seelenlosen Blick immer noch auf die Gewehrläufe richtet. Es war ihr endlos lange, bis das Schiff endlich abgebremst wurde und stand.

Die Gesichter kreisten noch vor ihr, als sie über den Marktplatz ging und eine sich öffnende Gasse wie einen Fluchtweg nahm. Vorsichtig ging sie zwischen den niedri-

gen Häusern hindurch. Der Gegensatz zwischen dem Lärm in der Schiffschaukel und der plötzlichen Stille ließ sie daran denken, daß sie ein Bett zum Schlafen brauchte. Am Ende der Gasse hing an einem Haus ein vom Regen verwaschenes Wirtshausschild; kaum aber hatte Viktoria den Gastraum betreten, wies sie der Wirt schon ab. Sein Haus sei belegt, sagte er, alles voll mit Festgästen, im Schulhaus sei aber ein Notlager eingerichtet. Sie müsse nur die Gasse zurückgehen bis zum Rathaus.
Die Schule, in ein Gassengeviert eingesperrt, lag hinter dem Rathaus. In einem kleinen Vorraum drängten sich Wartende aller Altersgruppen; der Schulmeister und seine Familie, die ihre Einnahmequelle straff organisiert hatten, verteilten die Gäste nach Geschlechtern getrennt auf die Klassenzimmer, in denen die Bänke in einer Ecke aufeinandergestapelt waren. Das Schlafgeld, das Viktoria entrichtete, entsprach dem für eine Übernachtung in einem einfachen Wirtshaus.
Das Klassenzimmer, in das sie die Lehrersfrau einwies, war langgezogen und hoch und hatte zwei Fenster, die auf einen Garten gingen. Aus einem Haufen hinter der Tür zerrte Viktoria einen Strohsack und legte ihn in ein vorgezeichnetes Rechteck auf die blankgescheuerten und geölten Dielen. An der Fensterseite hatten zwei Mütter mit sechs Töchtern ihr Lager aufgeschlagen, dazu jüngere Hausangestellte und Winzerinnen aus der Umgebung. Alle empörten sich über die Höhe des Schlafgelds, schwärmten von den Halstüchern, die sie sich hätten kaufen können, und rechneten sich vor, wie viele Fahrten sie noch mit der Schiffschaukel hätten machen können.
Als Viktoria der Lärm zu groß wurde, ging sie noch einmal vors Haus und setzte sich auf die Treppe. Der Himmel war gerötet von den Festfeuern auf dem Marktplatz, und durch

eine Lücke zwischen den Häusern sah sie eine Bewegung, die sie sich nicht erklären konnte. Zuerst dachte sie an eine flatternde Fahne; dann begriff sie, daß der Schatten des rhythmisch immer wieder auftauchenden Schwingens nur vom Bug des Schiffes herrühren konnte. Sie sah lange und fast gedankenlos auf dieses rastlose Kommen und Gehen, das durch seine Regelmäßigkeit wie der Herzschlag eines großen Körpers war.

Im Schlafraum war das Licht schon gelöscht. Viktoria stand lange im Dunkeln, bis sie ihren Platz erkannte. Die Frauen und Mädchen schliefen wie eine brave Schulklasse nach den erlaubten Freuden des Tages. Viktoria wälzte sich auf der unförmigen Masse des Strohsacks, und jedesmal vor dem Wegsinken in den Schlaf roch sie den fast stechenden Geruch des Öls in den Dielen. Er erinnerte sie an Rickerts Wohnung in der Riedgasse: vielleicht lag Georg noch in ihrem Zimmer, und sein Gesicht hatte auf den Dielen einen Abdruck hinterlassen, den auch der kräftigste Scheuersand nicht auslöschen konnte.

Viktoria setzte sich auf, als müsse sie mit dieser Vorstellung körperlich ringen. Sie beruhigte sich wieder, indem sie sich Punkt für Punkt wie vor einem Untersuchungsrichter die Tat schilderte. Zugleich verteidigte sie sich: sie habe in Notwehr gehandelt, und auf eine Frage des Richters antwortete sie, daß sie, während sie den Körper durch den Flur zog, kein Blut gesehen, daß sie es möglicherweise an den Händen nur so empfunden habe. Das schien die Untersuchung abzuschließen. Während sie sich wieder hinlegte, fügte sie hastig hinzu: Georg sei wahrscheinlich nach einer kurzen Ohnmacht aufgewacht und weggegangen und werde ihr Mißgeschick geheimhalten und nur versuchen, es bei den Bachhausens gegen sie auszuspielen.

Dieser Gedanke gab ihr fast ein ruhiges Gewissen zurück. Sie verwirrte sich nun vor Müdigkeit und ließ sich in die entferntesten Richtungen treiben.
Mitten in der Nacht wachte sie wieder auf. Sie fuhr hoch und wußte nicht, wo sie war, denn das Dunkel, das ringsum herrschte, war so dicht, daß sie daran zweifelte, es könne jemals wieder hell werden. Vor Angst wälzte sie sich auf ihrem Strohsack, der ihr wie ein Körper erschien: sie lag auf einem Marktplatz auf einem Brettergerüst, das über alle Häuser hinausragte, war auf eine weiche Masse gefesselt, die bei jeder Bewegung nachgab. Diese Masse war so amorph, daß die Mulden, die ihr Körper formte, bei jeder Bewegung andere Gliedmaße, ein anderes Gesicht hervorbrachten. Einmal war es das Gesicht Georgs, und als sie vor Entsetzen ihre Fessel sprengen wollte und in dem engen Spielraum, den ihr die Stricke ließen, zur Seite rückte, tauchte das Gesicht Schlossers auf. Sie wollte etwas sagen, aber schon das erste Wort wurde verschlungen vom begeisterten Kreischen der Menge, die sich unter dem Gerüst versammelt hatte und ein neues Kunststück erwartete. Als sie sich wieder bewegte, erschien noch einmal das Gesicht Georgs, verschwand aber sofort. Viktoria fing an zu weinen, denn neben ihr lag das lang vergessene Gesicht ihres Vaters: erst flach und wie gemalt und wurde dann kräftiger und so lebenswahr, wie sie es seit der Kindheit mit sich herumtrug. Wie früher wollte sie fragen, was sie nun machen solle, aber der Vater schien schon alles zu wissen. Er bat sie, zu schweigen, wies mit den Augen nach unten auf die Menschen unter dem Gerüst und deutete so an, daß jedes Wort verloren sei. Dann zeigte sein Lächeln an, daß sie nicht aneinandergefesselt waren, sondern wie zwei gestürzte Statuen im Gras lagen und auch ihre Verletzungen die

Vollkommenheit nicht stören konnten. Viktoria zeigte trotzdem weinend auf ihre abgebrochenen Füße und Hände und bat ihn, sie von diesem Ort zu erlösen. Der Vater sagte: »Wir werden weit weit fliegen.« Er strich ihr die Gräser und das Laub vom Rücken, und beide wurden so leicht, daß ihre Aufwärtsbewegung nicht mehr aufzuhalten war. Viktoria sah, wie sich die Erde unter ihnen entfernte, und obwohl sie glaubte, mit dem Vater ruhig zu stehen, bemerkte sie, wie die Wolken zu ihren Füßen schwammen und die Häuser darunter kleine Spielzeugkästen waren. Sie schaute dem Vater noch einmal ins Gesicht und sagte in kindlicher Freude und Stolz wie vor langer Zeit: »Ich habe niemals geglaubt, daß das Fliegen so leicht ist.« Trotz der Tränen, die sie nun in den Augen des Vaters sah, erlebte sie ein Glücksgefühl, von dem sie glaubte, daß es der Maßstab aller ihrer zukünftigen Gefühle und Erlebnisse sein könne.

DER NEBEL HOB SICH NICHT vom Wasser, sondern lagerte auf dem See. Die Pappeln, die sich am Hang hochzogen, stachen mit ihren Spitzen aus den Aufhellungen, die der Wind hin und wieder in die Nebelfelder blies. Die Häuser am Weg waren von Gärten umgeben und zogen sich bis an den Ufersaum hin.

Eine Frau stieg einen Weg hinauf, der vom Ufer zur oberen Villenstraße führte. Sie schien auf einer langen Reise zu sein. Das kühle Wetter hatte sie überrascht; sie trug nur einen leichten und nicht mehr sauberen Mantel. Von den Treppenstufen, die in den Weg eingelassen waren, sah sie immer wieder auf den See hinunter.

In der oberen Straße schaute sie die Häuser prüfend an und suchte nach den Namen und Ziffern. Als sie aus dem Garten einer Villa, an der sie gerade vorübergegangen war, die Stimme eines Mannes hörte, der einem Hund einen Befehl gab, kehrte sie um und ging schnell den Weg ein Stück wieder hinunter. Hinter dem Gartenzaun stand ein alter weißhaariger Mann, der einen Strauch zusammenband; der Hund sprang an den Latten hoch und bellte, als die Frau langsam näherkam.

Der alte Mann schaute von seiner Arbeit auf. Er stand noch gebückt und musterte die Fremde lange; dann fragte er, während der Hund unruhig hinter dem Zaun hin und herlief: »Suchen Sie jemand?«

»Die Villa Burgmann«, antwortete Viktoria.

Der Mann zeigte auf das hinter ihm liegende Haus und sagte: »Bitte kommen Sie, ich mache Ihnen auf.«

Viktoria stand eine Weile unschlüssig vor einer von Büschen fast verdeckten Tür, bis der alte Mann, den sie immer noch für den Gärtner hielt, den Hund eingesperrt hatte, und den Weg zur Tür herabkam und öffnete.

»Mein Name ist Burgmann«, sagte er und hielt die Tür auf. »Ich habe Sie erwartet, Sie sind Viktoria Vogner.«

Für einen Augenblick erschrak Viktoria, als sie so plötzlich ihren Namen hörte. Zögernd, während sich der Mann mehrmals umdrehte, folgte sie ihm durch den Garten hinauf zur Villa.

Im großen Salon, dessen Fenster auf den See hinuntergingen, bat Burgmann, sie möge einen Augenblick warten. Viktoria trat an die Fensterfront, die einer verglasten Loggia glich. Unten am See lösten sich Wolkenflächen aus dem Nebel; die Durchblicke zeigten eine blaue Ferne. Viktoria wußte nicht, ob es das Wasser oder die Berge waren. Sie schloß die Augen und fühlte einen unerwarteten Schmerz, der die Augäpfel tiefer in ihre Höhlen preßte. Als sie die Augen langsam wieder öffnete, fuhr sie mit der Hand zum Hals und konnte einen Ausruf des Schreckens nur mühsam unterdrücken.

In der Ferne wurden die Berge sichtbar und schienen alle Lichtfülle zu sammeln und in den Himmel zurückzustrahlen. Helle unregelmäßige Formen schwammen auf diesem Blau, das zum See hinunter noch die silberne Tönung des Nebels hatte; plötzlich aufsteigende Nebelfelder verstellten wieder den Blick und brachen an einer unerwarteten Stelle eine Schlucht auf, die das Gebirge noch näherrücken ließ und die Ortsfremde über die wirkliche Entfernung täuschte.

Viktoria täuschte sich auch über die Entfernungen, die sie in der letzten Woche hinter sich gebracht hatte. Sie glaubte, ein Jahr unterwegs gewesen zu sein, und es war ihr merkwürdig, nach so vielen überschrittenen Grenzen mit dem wenigen Geld, das sie in ihrer Schreibmappe gefunden hatte, nun doch in Zürich zu sein. Die Tage, die sie überwach, und die Nächte, die sie nur dämmernd in billigen

Herbergen verbracht hatte, waren vorbeigezogen wie die Nebelfelder, so unfaßbar, daß ihr Gefühl für Entfernungen erloschen war.
Sie hörte Schritte und sah niemanden. Sie trat an eines der Bücherregale, die die Wände verstellten, suchte den Titel eines der vergilbten Bände zu entziffern und fühlte die Erschöpfung der letzten Tage; sie wollte sich setzen, als eine Dienerin hereinkam, ein Tablett auf einem Tischchen abstellte und sich entschuldigte, daß sie sie gestört habe. Sie fügte hinzu, Viktoria möge sich noch einen Augenblick gedulden, der Gastgeber werde gleich kommen.
Viktoria setzte sich an das Tischchen und nahm sich ein Stück Gebäck; nach wenigen Bissen mußte sie es auf den Tellerrand zurücklegen. Sie griff nach der Teetasse, legte die freie Hand um das warme Porzellan; dann trank sie in kleinen Schlucken. Sie hatte erst jetzt das Gefühl, angekommen zu sein. Die Wartestunden auf den Poststationen und die Angst bei den Grenzübertritten, die stumpfen Gesichter der Reisenden im Zug, die durchfrorenen Nächte auf den billigen Lagern, alles schien ihr erst jetzt vorbei zu sein. Sie wußte, dieses Gefühl kam nicht nur von der Wärme des Tees, es war auch dieses Zimmer, das sich weit öffnete und ihr Ruhe gab. Sie lehnte sich zurück und schloß die Augen und wartete, daß ein Schritt oder das Geräusch einer Tür das Gefühl der Zeitlosigkeit wieder zerstören würde.
Als sie die Tasse auf das Tablett zurückstellen wollte, entdeckte sie unter der Zuckerdose ein Briefkuvert mit dem Siegel Sybilla Bachhausens. Hastig beugte sie sich vor, als könne ihr das Schreiben wieder entgehen. Sie riß es auf und überflog die Zeilen. Frau Bachhausen teilte ihr mit, daß aus unvorhersehbaren Gründen ihre Ankunft in Zürich sich verzögere, und nannte ein Hotel, wo für Viktoria ein

Zimmer bestellt sei und wo sie alles weitere abwarten solle. Dann riet sie ihr, eventuell auftretende Schwierigkeiten mit ihrem Freund Burgmann zu besprechen.
Viktoria ließ das Blatt sinken und faltete es, während sie aus dem Fenster sah, zusammen. Die Nebelfelder trieben jetzt schneller, der Fernblick schien endgültig offen, aber immer neue Nebelmassen drangen von unten nach und schlossen alles wieder zu. Sie faltete das Blatt noch einmal auf, ohne es zu lesen, denn der Inhalt war klar und unmißverständlich; dann legte sie das leere Kuvert auf den Tisch, stieß dabei die Tasse um und vergoß den Rest des Tees auf dem Tablett. Endlich stand sie auf und ging, den Brief an sich drückend, aus dem Salon, erreichte, die Türen hinter sich offen lassend, den Garten, wandte sich draußen nach rechts, ohne über die Richtung nachzudenken, und sah sich mehrere Male um, ob ihr jemand folgte, und lief die Straße hinab, an den Villen vorüber bis zum Ufer des Sees.
Dort zwang sie sich, langsamer zu gehen. Jeder Passant hätte sie für eine Spaziergängerin halten können, wenn er beim genaueren Hinsehen nicht bemerkt hätte, daß sie ihren Blick nicht ausruhend über den See gleiten ließ, sondern immer wieder, wie suchend hinauf zu den Villen schaute. Einmal blieb sie stehen und überflog den Brief, indem sie sich jeden Satz wiederholte. Ihre Erregung war ihr nun unverständlich, denn der Brief enthielt keinen Hinweis, daß sie bedroht sei. Sie dachte daran, zurückzulaufen und sich wieder in den Sessel an das Tischchen zu setzen, als sei nichts geschehen. Sie würde auf den See hinunterblicken, und das Wasser würde so ruhig wie hier am Ufer vor ihr liegen mit Segelbooten, die vor dem Wind trieben, mit den Bäumen am anderen Ufer, die nur etwas dunklere Flecke in der Weite wären.

Das Licht des späten Nachmittags war zwischen den engstehenden Dächern nur noch ein violettroter Streifen; in den Gassen war es schon Abend. Die Weite und Helle der Uferstraße schien einem anderen Land anzugehören. Der abgewogene Müßiggang der Villenbewohner konnte hier kein Auskommen finden, denn die Geschäftsleute hängten ihre Lampen vor die Auslagen und warteten auf Kundschaft. Aus einer geöffneten Ladentür drangen die Wärme und der Duft frisch gebackenen Brotes, der Viktoria Übelkeit bereitete. Der Hunger, den sie seit Tagen verspürte, wurde jetzt so fordernd, daß sie vor die Auslage trat und in das hell erleuchtete Fenster sah. Musternd ging sie die verschiedenen Brote und Kuchen durch, die auf einem Regal aufgereiht waren, und es war ihr, als würden die Brote und Brötchen in den langen und flachen Formen nur aus Wärme und einem Geruch bestehen, der die ganze Gasse ausfüllte. Sie wollte nicht mehr weitergehen, als könne der bloße Anblick sie ernähren; das Hungergefühl wurde so ausschließlich, daß sie sich an einem Kunden vorbei durch die Tür drängte.

Aufgeschreckt hob sie den Kopf, als die Verkäuferin nach ihren Wünschen fragte. Nach einer kurzen Pause, als habe sie sich gerade erst entschieden, zeigte Viktoria auf drei Brötchen. Während ihr die Verkäuferin eine Tüte über die Theke reichte, stellte Viktoria ihre Schreibmappe auf die Glasplatte, als wolle sie in der Mappe nach Geld suchen. Dann, indem sie die Mappe sinken ließ, fragte sie, ob man ihr sagen könne, wo das Hotel »Stadt Zürich« sei.

Die Verkäuferin schaute sie lange schweigend an. Zuerst leerte sie die Tüte wieder aus; dann, als erinnere sie sich an die Frage, kam sie hinter der Theke hervor und zeigte

Viktoria, in der Ladentür stehenbleibend, den Weg zum Hotel, das nur wenige Gassen weiter entfernt lag.
Viktoria schaute sich nicht mehr um, als die Tür hinter ihr zugefallen war. In der nächsten Gasse lehnte sie sich an eine Hauswand und preßte die rechte Hand auf den Magen, als könne sie so den Hunger und den Schmerz unterdrücken. Gekrümmt ging sie weiter und erreichte eine breite Allee, die wieder hell schien in dem sich verdunkelnden Tageslicht. Die Passanten, die hier unterwegs waren, bewegten sich, als seien sie fremd in der Gegend. Viktoria hatte das Gefühl, sie müsse etwas sagen, und zugleich spürte sie ihren offenen Mund, aus dem kein Laut hervordrang. Wer ihr auf dem Gehsteig entgegenkam, trat einen Schritt beiseite, als habe er ihren Zustand bemerkt und sei erschreckt wie über eine ansteckende Krankheit.
Plötzlich füllte eine einzige Bewegung die Allee aus: langsam ratterte eine Kutsche über das Kopfsteinpflaster. Das Dröhnen der Hufe, das Knirschen der Räder schien die Häuser auseinanderzusprengen; das Verdeck des Zweisitzers war heruntergeklappt.
Hinter dem Kutscher saß hell und ungreifbar, als ruhe ein vorher nie gesehenes Licht auf ihm, in einem langen Reisemantel ein älterer Mann. Vorsichtig neigte er sich zu einer jungen Frau hinüber, die in den Polstern lehnte und lächelnd zuhörte, während er sprach. Es war ein Lächeln der Zustimmung, des Glücks, als seien sie durch dieses Lächeln für immer verbunden.
Das blendende Licht aber, von dem Viktoria glaubte, es reiße ihr die Augenlider weg, ging nicht von diesem Paar aus; es umbarg sie nur beide. Es kam aus weiten, unbetretbaren Gefilden, die nur mit dem Flügelschuh der Unsterblichen, die Gefallen gefunden hatten an diesem Paar, durch-

meßbar waren. Ihre Körper lagen so ruhig auf dem Polster nebeneinander und waren doch ineinanderwirbelnde Leiber im Strom des Lichts, das die Kutsche emporschleuderte; die Hufe der Pferde berührten nicht mehr das Pflaster, sie trugen das Gefährt in so ferne Höhen, daß das Lächeln der Frau, das Sichhinüberneigen des Mannes den Lichtraum beherrschten.
Viktoria lehnte sich zitternd an einen Baum, um von dieser Reise, die unvermeidlich im Fall enden mußte, nicht mitgerissen zu werden. Sie sah noch, wie der Mann die Hand der Frau vor seine Augen preßte, als wollte er durch das gleißende Licht die Erde nicht sehen, die sich rasend, wie bei einem Absturz näherte. Dann verklang das Dröhnen, das gleißende Licht ging allzuschnell in die hereinbrechende Nacht über, und die Allee lag ausgestorben und leer da, als sei ein Sturmwind darüber hinweggebraust.

Dem Hotel »Stadt Zürich«, das ganz in der Nähe lag, war ein großer Innenhof vorgelagert. Zögernd, als sei sie hier fehl am Platz, ging Viktoria auf eine Tür zu, über der sich ein gelber Baldachin wölbte. Als sie an der Rezeption ihren Namen genannt hatte, fragte der Empfangschef verwundert, ob sie die Kutsche nicht gesehen habe, der ältere Herr hätte nach ihr gefragt. Viktoria nannte noch einmal ihren Namen, als sei das eine Erklärung; kopfschüttelnd rief der Empfangschef einen Hoteljungen, der sie in den 3. Stock hinaufbrachte. Oben schloß er ein Zimmer auf, das am Ende eines rot ausgeschlagenen Ganges lag. Einen Augenblick blieb er in der Tür stehen und fragte, ob er das Abendessen aufs Zimmer bringen solle; als Viktoria nickte, drückte er leise von außen die Tür zu.

Sie zog sich nicht aus, sie legte nur die Schreibmappe auf den Tisch, ließ sich aufs Bett fallen und blieb regungslos liegen. Als sie gegen Morgen aufwachte, stand das Essen unangetastet auf dem Tisch. Sie erinnerte sich nicht, daß sie den Zimmerkellner gesehen oder gehört hätte. Während sie das Brot berührte, glaubte sie, eine ihr unbekannte Materie zu fühlen. Umständlich breitete sie auf dem Tisch ihre Manuskriptblätter aus: die Zeilen bogen sich schlangenförmig über die weißen Flächen; Viktoria bündelte die Blätter mechanisch wie ein Beamter und verstaute sie wieder in der Schreibmappe. Dann drehte sie die Gaslampe aus und schob die Vorhänge beiseite.

Draußen wurden die Dächer schon heller. Sie stieg hinunter in die Empfangshalle; der Nachtportier kam aus seiner Loge und schloß die Eingangstür auf: Heute müsse sie sich bei der Fremdenpolizei melden, sagte er, jeder Fremde, der länger als eine Woche in Zürich bleiben wolle, müsse sich dieser Pflicht unterziehen. Das Polizeipräsidium sei am Rittermarkt zu finden.

Viktoria nickte nur. Da sie nicht wußte, was sie so früh in der Stadt schon machen sollte, ließ sie sich den Weg zum Rittermarkt gleich noch erklären. Sie ging durch die Gassen zwischen den noch nachtdunklen Häusern und glaubte, sich durch eine vertraute Stadt zu bewegen, als habe sie die weite Reise nie angetreten. Trotzdem mußte sie die wenigen Passanten, die ihr begegneten, nach dem Weg fragen. Immer in den schmalen Gassen verlief sie sich wieder; es war heller Tag, als sie endlich vor dem Polizeipräsidium stand.

Der wachhabende Polizist nannte eine Zimmernummer im 1. Stock. Laut, als lese er von einem Blatt ab, beschrieb er den Weg hinauf. Dann ging er ein paar Schritte mit und zeigte auf einen breiten Aufgang. Viktoria mußte ihren Widerwillen vor den frisch geölten Stufen, dem beißenden Geruch überwinden, suchte Halt am Geländer und tastete sich Schritt für Schritt aufwärts.

Der Flur im 2. Stock lag verlassen wie ein Schulkorridor in den Ferien da. Ganz am Ende trat ein Mann, der ein Bündel Akten trug, von einem Zimmer ins andere. Viktoria lief auf ihn zu, fand aber, als sie die Klinke niederdrückte, die Tür verschlossen, hinter der der Mann verschwunden war. Langsam ging sie den Flur zurück. Eine Tür reihte sich an die andere, als führten sie alle in einunddenselben Saal; nur eine schmale und niedrigere Tür stand einen Spalt offen. Viktoria klopfte aufs Geratewohl an und trat ein.

Hinter einer Holzbarriere, die den kahlen Raum teilte, saß ein junger Mann in Uniform. Er blickte Viktoria kurz an, und während sie sich noch für die Störung entschuldigte und nach dem Zimmer der Fremdenpolizei fragte, begann er, auf seinem Schreibtisch in Papieren zu suchen. Sie solle nur bleiben, sagte er dann, hier sei sie am richtigen Ort. Viktoria stellte sich vor die Barriere und öffnete ihre Schreibmappe. »Es muß doch da sein«, sagte der Beamte und blätterte weiter in seinen Papieren; dabei schaute er Viktoria an, als habe er nur auf sie gewartet. Umständliche Erklärungen könne sie sich sparen, fügte er hinzu, er müsse nur noch eine Akte suchen.

Er nahm ihren Paß entgegen, und als Viktoria ihren Namen nannte, winkte er ab. Er stieß eine Schublade in seinem Schreibtisch zu, stand auf und ging auf eine Tür zu, die in ein Nebenzimmer führte. Vor der Tür drehte er sich noch einmal um und wies sie darauf hin, daß sie warten solle.

Unruhig ging Viktoria an der Barriere hin und her und sah aus dem Fenster. Eine Brandmauer im Vordergrund konnte den Blick nicht aufhalten, der trotz des Morgendunstes bis zu den fernen Bergen reichte. Diese plötzliche Aussicht konnte sie sich nicht erklären, und die kleine Gestalt, die sie an der fernen Uferstraße entlanglaufen sah, war nur ein gleißender Lichtpunkt; ihre Schritte, die der leere Himmel wie ein Echo vervielfachte, drangen bis zu ihr hinauf, so daß sie sich wegwenden mußte und versuchte, ihr Gesicht in den Händen zu verbergen. Während ihre nassen Handflächen wie von glitschigem Stein abglitten, lief sie in die andere Ecke des Zimmers, um diesem Dröhnen zu entkommen. Aber hinter der Wand hörte sie es wieder: es waren nun Schritte im Nebenzimmer, es war ein schabendes Geräusch, als würden Akten unter einem schweren Stapel hervorgezerrt; es war ein Poltern, dem lautes Gelächter folgte. Schritte von hastig Hin- und Hergehenden unterdrückten dieses Lachen und hallten wieder, als gingen viele Menschen durch einen großen Saal. Jemand stieß etwas hervor, schrie laut, als müsse er sich rechtfertigen, und trotz der nun chaotischen Geräusche hörte Viktoria, wie hinter der Wand ein Körper zu Boden geworfen und durch das Zimmer geschleift wurde. Eine Tür fiel mit heftigem Knall zu; dann blieb es still.

Viktoria wollte auf den Flur hinauslaufen, als die Tür zum Nebenzimmer von innen geöffnet wurde. Der Beamte reichte ihr den Paß und ein Formular entgegen. Höflich sagte er: »Melden Sie sich bitte in vier Wochen wieder, wenn Sie dann noch in Zürich sind.«

Viktoria steckte das Formular und den Paß in die Schreibmappe; langsam, als zweifle sie daran, daß sie im Besitz einer Aufenthaltsgenehmigung war, verließ sie das Zimmer. Sie zögerte noch im Flur und stieg dann die Freitreppe wieder hinunter. Unten fragte der wachhabende Polizist, ob sie alles gefunden habe. Viktoria konnte nicht antworten. Es fiel ihr schwer, zu begreifen, was der Beamte gemeint hatte. Sie sah auch nicht, wie er einem Kollegen winkte und ihm versteckt etwas zuflüsterte. Sie kannte nun ihren Weg, denn oben vom Fenster aus hatte sie die Stadt unter sich gesehen, und das Gebirge in der Ferne war so nah gerückt.

Die Straßen und Gassen, durch die sie nun ging, schmolzen zu einem Weg zusammen, der sie zum See brachte, und zwischen den Villen fand sie eine Abzweigung, die über die Berge nach Süden führen mußte.

In der Sonne, die die stillen Kieswege zwischen den Gärten hell, fast schattenlos ausleuchtete, war alles so leicht, daß sie sich manchmal an einem Zaun festhalten mußte, damit sie nicht fortgetrieben wurde. Als sie die Stadt schon lange hinter sich hatte, schien der See nur noch eine weite glatte Fläche, die ebensogut eine große Ebene sein konnte, die sich weit unter Viktoria dehnte.

Am späten Nachmittag sah sie die ausgezackten Silhouetten der Berge so nahe vor sich, wie sie es niemals zuvor erlebt hatte. Sie ging nun schneller, als wolle sie das ferne Land noch vor Anbruch der Nacht betreten. Als die hochgelegenen Täler und steilen Grate schon wie schwere Schatten vor ihr lagerten, sah sie sich noch einmal um und wußte, daß nun die Ebene nur noch im Fluge erreichbar war. Sie ging Stunde um Stunde weiter und blieb nicht einmal stehen, als sich am Morgen die Berge von dem aufgelichteten Himmel abhoben. Der Tag erhellte das hochgelegene Tal.